光文社文庫

長編時代小説

さまよう人

父子十手捕物日記

鈴木英治

光　文　社

目次

さまよう人　父子十手捕物日記

第一章　背中叩き

一

鹿戸吾市《しかとごいち》は腕組みし、中間《ちゆうげん》の砂吉《すなきち》の顔をまじまじと見た。朝日が開け放たれた障子から低く入りこみ、砂吉の顔を白く染めあげている。

「ほう、おめえはこの仏さん、自死じゃねえっていうのか」

目を充血させた砂吉が、風を切るような勢いで顎《あご》を上下させる。

「さいです、さいです」

吾市は顔をしかめ、ちらりと右手に目をやった。二間《けん》ほど離れたところに、黒い影がぶら下がっている。

「わけをいえ」

砂吉が唾《つば》を飲みこむ。これは一気にしゃべろうとするときの癖だが、咳《せ》きこんだり、同じ言葉を繰り返したりして、なめらかに話せないことがほとんどだ。

「落ち着いて話せ」

吾市が釘《くぎ》を刺すと、砂吉は胸をふくらませて大きく息を入れた。

「真之丞《しんのじょう》は、もうじき大役をまかされるといって、すごく張り切っていました。本当に生き生きとしていたんです。ですから――」

「自ら命を絶つわけがねえ、といいたいわけか」

軽く首を振って、吾市は黒い影に歩み寄った。

開いた障子から風が吹きこんだわけでもないのに、死骸《しがい》の両足がかすかに揺れている。

検死医師が来ないために、気の毒だが、鴨居《かもい》からおろすことはまだできない。検死がすむまでは、死骸に触れてはならないという決まりが厳としてあり、吾市にそれを破ろうという気はなかった。

「大役というのは、主役か」

吾市は死骸の顔を見つめたまま、砂吉にただした。

「いえ、ちがいます。主役に近いものだといっていました」

「主役に近いか」

「旦那《だんな》」

押し殺した声を放って、砂吉がすばやく近づいてきた。

「主役といえないまでも、主役といっても過言ではない役です。真之丞はそれはそれは張り切っていました」

砂吉は涙目になっている。

「砂吉、そんなに力まずともいい。話はよくわかった。自死かそうじゃねえか、そのあたりのことは、紹徳《しょうとく》先生が見えたら、じっくりときいてみようじゃねえか」

紹徳というのは腕のいい町医者で、町奉行所の仕事に通じている。吾市はたいていの検死は紹徳に頼んでいた。

「はい、わかりました」

砂吉が無念そうに答える。

「不満か」

砂吉があわてたように顔をあげる。

「とんでもない」

「それならいい」

吾市は目を転じ、真之丞という役者の顔をじっくりと見た。

舌を思い切り嚙《か》んだかのように、苦悶《くもん》に満ちた表情だ。血が顔のなかでかたまったかのように、赤黒い肌をしている。かっとひらいた目は、白目がなくなってしまったように全体が充血していた。

小便を漏《も》らしているために、六畳間の部屋のなかは、かなりにおっている。漏らしているのは小便だけではなく、大きいほうもだ。こちらのにおいもすさまじく、廊下に漂《ただよ》い出ていた。

こんなにひどい死にざまだというのに、首つりはあとを絶たない。おそらく、こうなることなど誰も知らないからだろう。

首にかかっているのは、赤い帯だ。女が着るような襦袢《じゅばん》の帯だろうか。

吾市は足元を見た。手習所《てならいどころ》で子供が使う天神机《てんじんづくえ》のような小さな文机《ふづくえ》が転がっている。これに乗って帯を首にかけ、そして蹴《け》ったのだろう。

布団が一つ、敷いてあった。寝乱れた様子がなんともなまめかしい。

ここで最後の一戦をまじえたということだろうな。

「砂吉、いくつだ」

「はい」

「仏さんは何歳だったんだ、ときいているんだ」

「ああ、すみません。二十四歳です」

「おめえと同い年か。若いな」

「はい」

「つれえな」

吾市はつぶやくようにいった。ありがとうございます、というように砂吉が静かに頭を下げる。

それを視野に入れて吾市は顔を動かし、廊下にじっと立っている小柄でしわ深い男に目をやった。うつむき加減で、悲しげな顔をしている。

「おめえが番頭か」

声をかけると、はっとしたように目をあげ、吾市を控えめに見つめた。頭を深く下げてから言葉を続ける。

「はい、さようにございます。蕗造《ふきぞう》と申します」

「来てくれ」

吾市は手招いた。

蕗造は敷居を越えて、吾市のそばに来た。真之丞の死骸を見て合掌《がっしょう》する。その仕草《しぐさ》にどこか手慣れたような感じがあるのは、心中がよくあることにすぎないからだろうか。

吾市たちがいるのは、出合茶屋《であいぢゃや》の浮草屋《うきぐさや》という店だ。男が部屋で首をつっているということで、吾市たちは急ぎ駆けつけたのである。

「仏は女との二人連れだったというが、まちがいないか」

「はい、まちがいございません。こちらのお方は——」

蕗造は死骸に軽く視線を当てた。

「昨夜の五つすぎに、女の方といらっしゃいました」

「五つすぎか。そういう刻限に来る客は珍しくねえのか」

「はい。界隈《かいわい》の飲み屋などで知り合い、一緒にいらっしゃいます」

飲み屋などで知り合ってか、と吾市は思った。知り合うもなにも、飲み屋のほうで女を用意して男を待っているのだ。男は女を目当てに店に行き、店に金を払って外に連れだすのである。

なかで女を抱いてもいいのだが、たいていの店はせまくて部屋数が少なく、女を抱くのを待つのがいやな男は出合茶屋を利用するのだ。

かゆいな。吾市は首筋をかいた。寝ているときに虫にでも刺されたのか、今日は起きてからずっとこの調子だ。

あとで紹徳先生に診てもらい、薬をもらうとしようか。

「この仏の相方は、その手の飲み屋の女だったのか」

そういう女は利用する出合茶屋が決まっている場合が多い。それならば、互いに顔なじみなのではないか。

「さあ、わかりません」

「知った顔じゃあなかったのか」

「はい、見たことのない方でした」

そうかい、と吾市はいい、脅《おど》すようないい方で続けた。

「まちがいねえだろうな」

「はい、まちがいございません」

ややおびえたような表情で、蕗造が顎を引く。畏《おそ》れ入ったことを見せようとして芝居がかったように見えたが、それでも吾市は気分よかった。

背後に立っている砂吉の顔がちらっと目に入る。旦那、しっかりときき出してくださいよ、といいたげな、祈るような顔つきをしていた。

「二人で入ってきたときの様子は、どうだった」

「寄り添って、いかにも仲むつまじい感じでございました」

「思い詰めたようなところはなかったか」

蕗造が首をひねる。

「手前にはそういうふうには見えませんでした。商売柄、お客さまのお顔をじっと見るようなことはございませんが、二人とも笑みを浮かべていたように思います」

「楽しそうだったのか」

「手前にはそのように」

「これから心中をするようには見えなかったか」

蕗造がいいにくそうにする。

「正直に申しあげて、うちでは心中はこれが最初ではございません。しかし、手前には心中する人なのかそうでないのか、いまだにさっぱりわかりません」

そういうものなのだろうな、と吾市はなんとなく思った。

「二人の顔を見たのはそのときだけか」

「はい。この部屋に案内いたしましてからは一度も」

「入ってきたとき、互いに名を呼び合っていなかったか」

蕗造が下を向き、思いだそうとする。かぶりを振った。

「なにかいっていたような気はいたしますが、手前にはきき取れませんでした」

「二人は酔っていたか」

「そのように見えました。お酒も香りましたし」

そうかい、と吾市は相づちを打った。

「どんな女だった」

新たな問いを発した。

「若く見えるお方でした」

「それは、若作りってことかい」

「はい」

「となると、歳《とし》はけっこういっているってことか」

「おそらく三十近いのではないかと思います」

「そいつはまた――」

大年増《おおどしま》じゃねえか。そんな女と、この男前は一緒に死のうという気になったのかい。へえ。

吾市は、目の前にぶら下がる死骸をしげしげと見た。砂吉が見つめているのに気づき、顔をそむける。

「顔形は」

「はい、それはもうきれいでございました。垢抜《あかぬ》けているというのか、鼻筋が通り、目が大きく、赤い唇はぼてっとした感じの美人でございました。色っぽさをあたりに振りまいているような人に見えました」

それなら、心中するように見えなかったのも仕方ねえな。だが、そんないい女、この死骸とそぐわねえのも事実だな。

もしやすると、本当に砂吉のいう通りなのかもしれねえ。

「なりは」

「すらりとしていました。肩はやや張っているように」

「胸はどうだった」

「胸でございますか。そういえば、豊かだったような気がいたします」

そうかい、と吾市はいった。そいつは俺《おれ》好みじゃねえか。探すのに、力が入るってもんだぜ。

「それにしてもおめえ、なんだかんだいって、客の顔や姿をよく見ているじゃねえか」

「いえ、そんなことはございません」

蕗造が顔の前で両手を振り、あわてていった。

「本当に、ちらりと見ただけでございます。一瞬で覚えられるように鍛錬《たんれん》しているのでございます」

「商売柄か。それならば、人相書《にんそうがき》をつくるのに力を貸してもらえるな」

「もちろんにございます」

蕗造が力強く答える。

「女の姿が消えたのがわかったのは、いつだい」

「今朝のことでございます」

女は夜、出ていったということになるのかな、と吾市は思った。

「夜中の出入りはどうなっているんだ」

「夜が更けてからもお客さまがおいでになります。一応、四つに戸締まりすることになっておりますが、表も裏もくぐり戸に錠をおろすことはございません」

「つまり、出入りは自由ってことか」

吾市は独り言のようにつぶやき、また死骸に目を向けた。

何刻頃《なんどきごろ》に首をつったのか。見るよりも触れるほうがはっきりするが、顔色や体のかたまり具合にこれまでの経験を加えて凝視してみると、四つから八つまでのあいだではないだろうか。

まずまちがいあるめえ。

吾市は確信を抱いた。

男が首つりし、女は死にきれなかった。ふつうに考えればこうだ。そして女はこの出合茶屋を出ていったにちがいないのだ。

砂吉のいう通り、女が殺したってことはねえのか。

吾市はあらためて真之丞という役者の死骸を見た。

小便と大便のにおいがいりまじっているが、着物自体はなかなかいいものを身につけている。乱れはまったくといっていいほどない。無理につるされたようには見えなかった。

女と最後にまぐわったあと、また着たってことだな。最期《さいご》くらい、いい着物で飾りたいってところだろう。

「ここには女中は」

吾市は蕗造にきいた。

「はい、八人おります。その女の人に会った者にすでに話をききましたが、見知っている者はおりませんでした」

「もうきいたのか。ずいぶんと手際がいいじゃねえか」

「はい、手前はそれだけが取り柄でございますので」

「女に会った女中というのは、何人いるんだ」

「二人でございます」

「呼んでくれ」

承知いたしました、と蕗造が一礼し、部屋を出ていった。

隣の部屋に控えさせていたのか、ほとんど間を置くことなく二人の若い女中を連れて戻ってきた。

「この二人でございます」

吾市に紹介する。おなみにおたつという二人だった。

少しだけ怖い顔をつくり、吾市は女のことについてただしてみたが、二人とも、あの女の人とは初めて会いました、と口をそろえた。

すでに人相書の達者の同心《どうしん》が来ている。吾市は蕗造と二人の女中の話をもとに、女の顔を描いてもらった。

さすがに町奉行所のなかで最も筆が立つといわれるだけあって、描き方がなめらかで、まったく滞ることがない。蕗造たちの話をきき、自分でも問いを口にしつつ、すらすらと筆を動かしている。

ほんの四半刻《しはんとき》で人相書はできあがった。

「こいつでどうだ。いいものが描けたと思うぜ」

吾市は、手渡された人相書をじっと見た。墨の香りが立ちのぼる。

目が釘づけになった。

ふむ、いい女だ。目に、獲物を狙《ねら》う猫を思わせるような力があるのがいい。

是非とも、ご尊顔を拝みたいものだぜ。

人相書の達者の同心が引きあげた。それと入れちがうように、検死医師の紹徳がやってきた。いつものように小者《こもの》を一人、連れている。

「すみません、遅れてしまって」

さっそく死骸に触れて、検死をはじめた。

最初は、ぶら下がった死骸にさわっていたが、すぐさま吾市たちにおろすようにいってきた。

吾市は砂吉の友垣《ともがき》ということもあり、自ら手を貸して真之丞の死骸を抱きとめた。

ありがとうございます、と砂吉が泣きながらいい、真之丞と呼びかけて鴨居から帯をはずした。

大小便のにおいにはもう慣れたとはいえ、いまだに強烈だ。吾市は顔をしかめないようにするのに、必死だった。

布団の上に死骸を横たえる。

紹徳が布団の脇《わき》に正座し、死骸をあらためはじめた。

やがて顔をあげ、吾市を見た。

「亡くなったのは、五つから八つまでのあいだでしょう。しぼれば、四つから九つまでのあいだでしょうな」

やはりな、と吾市は自分の見立てが当たったことが誇らしかった。

「死因はこの紐で首が絞まったこと。ほかにはなにも見当たりません。刃物で刺されたような跡はもちろん、殴られたり、蹴られたりした形跡、あざなどもありません」

紹徳が吾市を手招く。吾市は砂吉に来るようにいった。

「情交の跡が見られます。男の最も大事なところに少し残っています」

「残っているというと」

「腎水《じんすい》ですよ」

精汁のことだ。

「それで、先生の見立てはいかがです」

「自死だと思います」

それをきいた砂吉がうつむき、無念そうにした。

「着衣に乱れた様子もありませんし、この様子だけ見れば、自死と判断せざるを得ないでしょうね」

紹徳が砂吉を見つめ、穏やかにきく。

「なにか」

「いえ、なんでもありません」

これは吾市が答えた。

「では、手前はこれにて引きあげます。留書は、すぐにお出しいたします」

よろしくお願いします、と吾市は頭を下げ、死骸に向かって合掌してから出てゆく紹徳と小者を見送った。

あっ、しまった、とすぐに思った。首筋のかゆみをとめる薬をもらうのを忘れた。先生と声をかけようとして、うしろから砂吉に呼ばれた。

「旦那、真之丞は殺しとして探索してくださるんですかい」

吾市は鋭く振り向いた。

「今のところは自死だ」

「さいですかい」

砂吉はいかにも悲しげだ。吾市は心に痛みを覚えた。

「案ずるな。とにかく逃げた女を引っとらえることに変わりはねえ。女に事情をきいて吐かせれば、自死かそうじゃねえか、きっとわかろうというものだぜ」

そうはいったものの、吾市のなかではすでに真之丞は自死だった。

やはりこの様《さま》で殺しはねえよ。

主役に準ずるような役とはいえ、やはり主役とはくらべものにならないはずだ。いわば、月とすっぽんだろう。真之丞に落胆がなかったとはいえないのではないか。

いずれにしても、生き残った上、真之丞を見捨てて逃げた女を探しださなければならない。

心中の生き残りは罪人なのだ。引っとらえて、容赦なく牢《ろう》に叩《たた》きこまなければならない。

吾市は砂吉の肩を叩いた。いつもは砂吉が顔をしかめるのがおもしろく、思い切りはたいているが、今日は加減した。

「砂吉、行くぜ」

二

疲れを覚えている。

まったくだらしねえな。

軽く息をついて喜蔵《きぞう》は思った。だからといって、寝床から起きあがろうという気にはならない。

こうして気だるげにごろごろしているのは、きらいではない。これで酒でもあれば最高だが、この家では飲まないことにしている。なにがあるかわからない。

江戸《えど》は敵《てき》ばかりだ。

そう考えておいたほうがいい。用心に越したことはない。

そのうち存分に飲めるときがやってくるだろう。喜蔵としては、そのときを待ち望んでいる。

ごろりと寝返りを打ち、仰向けになった。天井が見えている。一年同じ木目模様を見続けてきた。

見飽《みあ》きたが、この家を離れるわけにはいかない。大坂《おおさか》の親分の谷三郎《やさぶろう》が、喜蔵が江戸に来るにあたり用意してくれた家だ。

今は、谷三郎の機嫌《きげん》を損ねたくはない。谷三郎は気短だ。下手を打ち、大坂から腕利《うでき》きの殺し屋が送りこまれてきたら、ことだ。殺し屋が殺し屋に殺される。こんなにつまらないことはない。

もっとも、そうたやすく殺《や》られることはない。この俺も相当の手練《てだれ》といっていい。だからこそ、おたまを確実に仕留めるために谷三郎はこの俺を選んで、江戸に向かわせたのだ。

表戸《おもてど》のほうで人の気配がした。喜蔵は立ちあがり、懐《ふところ》に手を入れた。そこには切れ味鋭い匕首《あいくち》がしまいこまれている。

匕首を殺しの道具としてつかうことは滅多《めった》にないが、いつも暇を見つけては研《と》いでいる。研ぐことで、気持ちが落ち着くのだ。

「旦那、いますかい」

戸があく音がし、声がかけられた。

「往之助《ゆきのすけ》か。あがんな」

懐から手を抜いた。喜蔵は上方言葉《かみがた》をつかうことはほとんどない。もともと向こうの者じゃねえからな。

足音が廊下を進んできた。小さな人影が立ちどまり、腰高障子《こしだかしょうじ》があく。

「失礼しますよ」

頭を下げた。いつもと同じく小さな髷《まげ》をちょこんとてっぺんにのせている。まだそんなに老《ふ》けこむ歳ではないはずなのに、すでに頭が薄くなっている。

往之助はことさらゆっくりと進んできた。こういうとき、往之助は自らの気持ちを落ち着けようとしていることがほとんどだ。このことは、ここ一年、近しくしてわかってきた。ふだんから赤ら顔だが、今は頰《ほお》がさらに紅潮している。

「往之助、なにかいいことでもあったか」

喜蔵は声を発した。

「わかりますかい」

往之助が枕元《まくらもと》にぺたりと座りこむ。掃除の行き届いていない畳から、埃《ほこり》が砂のように舞いあがった。

「ひどいですねえ。喜蔵の旦那、掃除くらいしてくださいよ」

「俺は掃除などできんと前からいっているだろう。文句をいうのなら、とっとと女でも雇ってくれ」

「わかりましたよ。今度、いいのを連れてきますよ」

これは往之助がいつもいっていることだ。しかし、それがうつつになったことは一度もない。

「喜蔵の旦那は女にできそうなくらい、きれいな顔をしているんですから、掃除くらいできそうな気がしますけどねえ」

「顔は関係なかろう。できんといったらできんのだ」

「はあ、すみません」

「それで、なにがあった」

「それですよ」

往之助が自分の膝《ひざ》をはたく。身なりは常にこざっぱりしているだけに、埃があがるようなことはない。

「役者が死んだんです」

「ほう」

「心中とのことです」

往之助は色めき立っている。喜蔵に目をとめ、首を横に振った。

「喜蔵の旦那、動じておりませんねえ」

「そうかな」

喜蔵はつるりと頬をなでた。

「そうですとも。だってもしかしたら、役者の相手はおたまかもしれないんですよ」

「ああ、そうか」

「ああ、そうかじゃないですよ。どうしてそんなにのんびりしているんですかい。旦那も江戸に来てはや一年、少し江戸に慣れが出てきたんじゃないですかね」

「かもしれん」

喜蔵は逆らわなかった。

「しかし往之助のいう通りだ。おたまは前歴があるんだった」

「そうですよ。それも、江戸じゃなく、大坂でのことでしょう。喜蔵の旦那のふるさとじゃありませんか」

俺の故郷は大坂なんかじゃねえ。この江戸だ。

「そうだったな。それで、どこで役者が心中したんだ」

「木挽町《こびきちょう》の出合茶屋ですよ。浮草屋という店のようです」

「行くか」

「むろんです。そのために、あっしは喜蔵の旦那を呼びに来たんですから」

喜蔵はすばやく身なりをととのえた。そのさまをほれぼれするような目で往之助が見ている。

「さすがですねえ。身支度《みじたく》を終えるのに、ほんの数瞬しかかからねえ。まったくたいしたもんだ」

「こういう真似《まね》ができなきゃ、生き残れないんでな」

「そういうもんなんでしょうねえ」

まいりましょう、といって往之助が廊下に出た。

それを追うように喜蔵も足を踏みだした。静かに腰高障子を閉める。一人住まいだから閉める必要などないが、なぜかこうしないと落ち着かない。

木挽町には半刻ほどで着いた。浮草屋があるのは、七丁目とのことだ。木挽町の一番端で、汐留橋《しおどめばし》のすぐそばだった。満ち潮が近いわけでもあるまいが、潮の香りがむせるほどにしている。

この香りにも、と喜蔵は思った。なつかしさを覚える。やはり俺は江戸の生まれだ。

「ここですよ」

往之助がささやくような声でいったのは、木挽町七丁目の表通りから、二つばかり路地を裏に入った場所だ。

家が建てこんでおり、日当たりが実に悪そうな場所だった。下水と小便とごみのにおいが入りまじり、どこか大坂をおもいださせるところがあって、喜蔵は反吐《へど》が出そうな気分になった。これで潮の香りがなかったら、本当に戻していたところだ。

店はやや大きな家といった風情《ふぜい》だ。日は頭上にあるはずだが、家々の屋根にさえぎられて見えない。

いたるところに洗濯物が乾《ほ》されているが、これではろくに乾かないだろう。そよとしか動かない風にかすかに揺れているのが、どこか哀れだった。

浮草屋の建物は、長年の風雨に薄汚れ、今にも倒れそうに見えた。

俺は、と喜蔵は思った。こんなところでことに及ぶのはいやだ。

店に看板らしいものはないように見えたが、建物の脇に、かまぼこ板のような板きれに浮草屋と記されたものが釘で打ちつけられていた。

これで客どもはわかるのかい。

「ここにおたまがいたかもしれんのか」

「ええ、そうですよ」

往之助が瞳《ひとみ》を光らせていった。もともと岡《おか》っ引《ぴき》の下で働いていた男らしく、探索にはひじょうに役に立つ。

どういう伝《つて》で大坂の谷三郎の仕事を引き受けることになったか知らないが、とにかく今はおたまを探しだすことにすべての力を注いでいるといっていい。そのほかにも、江戸の地理にあまり詳しくない喜蔵の道案内をすることも多々あった。

喜蔵はずっとおたまを追っている。この一年、おたまは巧妙に逃げのびている。江戸にいるのだけはまちがいなかった。

「ちょっと話をきいてきますんで、喜蔵の旦那はそのあたりで茶でも飲んでいてくれますかい」

「わかった」

喜蔵は、往之助がまだあいていない様子の出合茶屋に入ってゆくのを見送ってからきびすを返した。

汐留橋のほうに向かう。先ほどのいやなにおいが遠ざかり、潮のにおいが濃くなってきた。


これでなきゃいけねえ。

喜蔵は生き返った気分だ。

汐留橋の向こう側に、筵《むしろ》を垂らした水茶屋があった。喜蔵は長床几《ながしょうぎ》に腰かけ、茶を飲み、団子を食った。

茶はまずまずだったが、団子のたれは甘くなかった。喜蔵は顔をしかめた。

食い物だけは大坂のほうがいいようだぜ。少なくとも、こんな醤油《しょうゆ》の味しかしねえ団子が出てくることはねえ。

だが、残すのはもったいないので、皿にのっていた三本はすべて食べた。茶を喫してたれを胃の腑《ふ》へと洗い流し、気持ちをすっきりさせてのんびりとあたりの景色を眺《なが》めた。

天気がよく、光が満ちている。そのなかを人々が行きかう。たいして急いでいるわけではないだろうが、誰もがせわしく歩いているように見える。それでも、大坂の町人たちよりずっとおそい。

頭上から水鳥の鳴きかわす声がきこえた。見ると、数羽のかもめが一羽の鳶《とび》を相手に戦っているところだった。戦っているといっても、数の威力をもってかもめが一方的に鳶を追いかけまわしている。

鳶はこのあたりが縄張なのか、必死に踏みとどまろうとしていたが、最後はあきらめて飛び去っていった。

かもめは途中まで追いかけていったが、鳶が戻ってこないのを確かめると、汐留橋近くの水面に舞い降り、羽を休めた。数羽は一家なのか、寄り添うようにしている。

家族か、と喜蔵は思った。この江戸に家族はない。それははっきりしている。両親は死んだ。

両親の死を思いだしかけた。

「喜蔵の旦那」

その思いをあっさり破ったのは、往之助の声だった。

「寝ていらしたんですかい」

往之助が、失礼しますよ、といって横に腰かけた。

「どうだった」

「その前に茶を飲ませてください」

往之助が、団子はうまかったかきいてくるので、まずいぞ、と喜蔵は教えた。

「そうですかい。それも一興かもしれませんね」

往之助がばあさんに茶と団子を注文した。

すぐにばあさんは持ってきた。往之助が団子に手を伸ばす。

「なかなかうまいじゃないですか」

「そんな甘くねえのがうまいのか」

「この醬油だれこそが、江戸の食い物の証《あかし》じゃないですか」

上方の者にはわからないでしょうねえ、といいたげに見えた。

往之助があわてて団子をのみこむ。

「喜蔵の旦那、そんな怖い顔は、なしにしましょうや」

意外だった。

「顔に出ていたか」

「えっ、ええ。すごく」

「そうか。すまなかったな」

喜蔵は往之助の背中を軽く叩いた。往之助はびくりとし、しばらくかたまっていた。串《くし》を握り締めていたことに気づき、皿へと戻す。

「ああ、怖かった」

本気で胸をなでおろしている。

「殺されるかと思いましたよ」

「金にならねえことはしねえよ」

喜蔵は押し殺した声でいった。それがまた凄《すご》みがあったようで、往之助が喉《のど》をひくつかせた。

「それでどうだったんだ」

「はい、そうでした」

往之助は茶を飲みたそうなそぶりをしたが、湯飲みは手にしなかった。

「金を包んで浮草屋の者に話をきいたんですけど、首をつって死んだのは、真之丞という若い役者ですよ」

「いくつだ」

「そいつは、浮草屋の者は知りませんでした」

「顔形は」

「それは役者ですから、切れ長の目に高い鼻、形のよい唇といい男の条件はそろっていたようです」

「そうかい。なるほど、いかにもおたまが好みそうな男だな」

「そうでしょう」

往之助は誇らしげだ。

「喜蔵の旦那、この界隈におたまはひそんでいるんですかね」

長床几から腰を浮かして首を伸ばし、往之助が付近を眺めまわす。

「かもしれねえ」

喜蔵は往之助を見据《みす》えた。往之助が圧《お》されたように息をのむ。

「当たってくれるか」

「もちろんですよ」

ほっとしたように往之助が請け合う。

「そいつが、谷三郎親分から受けた仕事ですからね」

三

目が覚めた。

気持ちのいい目覚めだ。

さっきまでいい夢を見ていたような気がする。

しかしどんな夢だったか、もう思いだせない。

御牧文之介《みまきふみのすけ》は布団の上に上体を起こした。ふわわ、と伸びをする。

「ああ、気持ちいいな」

天気はいいようで、腰高障子には朝日が当たっている。部屋のなかはすでに光であふれていた。外から小鳥たちが鳴きかわす声もきこえてくる。風が少しあるのか、木々がかすかにざわめき、屋根に枝が当たるかたい音がしていた。

台所のほうからまな板を叩く音もしてきている。

父の丈右衛門《たけえもん》が後妻として迎えたお知佳《ちか》が朝餉《あさげ》の支度をしている。

いいものだなあ。

もうじきお春《はる》が加わって一緒に朝餉をつくることになるのだ。きっとお知佳とならお和《わ》気藹々《きあいあい》の雰囲気になるにちがいなかった。

そうか、と今、文之介は気づいた。見ていた夢には、きっとお春が出ていたにちがいない。

それならもっと見ていたかったなあ。

目が覚めたのが、もったいないような気がする。

しかし、夢などではなく、これからはいつでもお春に会える。

なんといっても、結婚を申しこみ、うなずいてくれたのだから。

にゃははははは。

妙な笑い方をする、と自分でも思うが、つい頬がゆるんでしまう。

ずっとずっと好きだった女性《にょしょう》。その女性と一緒になれる。これ以上の幸福があろうか。

お春に結婚を申しこんだのは、つい五日前のことだ。そのときの喜びは、まったく薄れない。

文之介は丈右衛門に話した。父は、歓喜してくれた。あんなに喜ぶ父の姿は、はじめてなのではないか、と思えるほどだった。

丈右衛門が、お春の父親である藤蔵《ふじぞう》に話してくれるという。本人同士が決めても、結婚というのは家同士のものだ。筋は通さなければならない。

藤蔵が反対するはずがないのはわかっている。筋を通すといっても、形だけのものでしかない。

部屋を出た文之介は庭の井戸で顔を洗い、台所横の部屋に向かった。飯が炊けるいいにおいがしてきており、それに誘われたのだ。味噌汁《みそしる》のにおいもしており、こちらもすこぶるうまそうである。

「おはようございます」

文之介は声をかけてなかに入った。

「おはよう」

丈右衛門がすでに来ており、腰をおろしていた。鼻をひくつかせている。

「父上、どうかされたのですか」

文之介は向かいに正座してきいた。

「なにが」

文之介は鼻のことをいった。

丈右衛門が、鼻筋を指先でなぞるようになでる。

「ふむ、ひくついていたか。どうしてか今朝は腹が空《す》いていてな、頭はじっと待っているが、体のほうが我慢がきかぬようだな」

「父上にしてはお珍しい」

「そんなことないさ。わしはもともと食いしん坊だからな」

「体の具合がよい、なによりの証ではありませんか」

「体の具合がいいのは確かだが」

丈右衛門が文之介を思わせぶりに見る。

「若い証といってほしいな」

「それはもう。父上は同じ歳の頃の人たちのなかでは、図抜けてお若いですから」

ふふ、と丈右衛門が穏やかに笑う。

「番所《ばんしょ》で鍛えられて、おまえもだいぶお追従《ついしょう》がうまくなった」

「追従などと、そんなことは決してありませぬ」

丈右衛門が文之介をしみじみと見てきた。

「いい表情をしているな。いい夢を見たと顔に書いてあるぞ」

「おわかりになりますか」

「むろん。なにを見たかもわかるぞ」

「さようですか」

「想《おも》い人が出てくるというのは、最高だものな」

「父上も、義母上《ははうえ》のことを夢でご覧になるのですか」

「むろん」

「義母上がお出になったことを、覚えているのですか」

「文之介、おまえは駄目なのか」

「はい、どうしても忘れてしまいます。想いが足りぬのでしょうか」

丈右衛門が声をあげて笑う。

「そんなことないさ。おまえがどれだけお春のことを好きだったか、このわしがよく知っている。水火も辞さぬという言葉があるが、おまえはお春のためなら激しく燃えさかる火事場に飛びこむことにもためらいはあるまい」

その通りだろう。もしお春が炎に包まれた家に一人取り残されていたとしても、なにも考えることなく身を躍《おど》らせるにちがいなかった。

「夢をよく覚えている者と忘れてしまう者がいるのは確かだな。想いの深さとはまず関係あるまいよ」

「どうすれば、見られるようになるのでしょう」

「むずかしいが、わしがやっている方法を教えよう。まず一つは、その人に会いたいと強く願って眠りにつくこと」

「はい」

文之介は力強く相づちを打った。

「それから、枕元に常に矢立《やたて》を用意しておき、見た夢をすぐさま書きとめる習慣をつけること」

「それを父上はおやりになったのですか」

「若い頃な」

「今はいかがです」

となれば、文之介の実の母のことを想ってのことだろう。

「矢立は用意しておらぬが、強く願うことはよくしておるよ」

どちらなのだろうか。文之介の実の母なのか、それともお知佳なのか。

きっと両方にちがいない。

お知佳が膳《ぜん》を持ってきて、まずは丈右衛門の前に置いた。丈右衛門はすでに隠居だから本来なら当主の文之介から置くのが正しいのかもしれないが、文之介に丈右衛門を差し置いて食事をはじめる気はなかった。そのことをいうと、お知佳はうれしそうに文之介さんのお気持ちはよくわかりました、といってくれた。

「今、持ってきますから、文之介さん、待ってくださいね」

お知佳がやさしくほほえむ。

「急がずともけっこうです。それがしは父上ほど腹を空かしていません」

途端に腹の虫が鳴った。

お知佳が口に手を当て、心から楽しそうに笑った。

「文之介さんらしい。今、持ってきますからね」

お知佳のものらしい香りを残して、急ぎ足で台所におりていった。

これが人の妻の香りかな、と文之介は思った。お春が嫁いできたら、同じようなにおいをさせるようになるのだろうか。

文之介、と丈右衛門が呼びかけてきた。箸《はし》は持っているが、茶碗《ちゃわん》はいまだに手にしていない。文之介とともに食べはじめようとしていた。

「今日、藤蔵に会う。縁談の申しこみをしてくる」

「さようですか」

文之介は胸がどきどきした。

「藤蔵も、箱根《はこね》の疲れが取れた頃合いだろう」

丈右衛門は藤蔵と一緒に半月近く箱根に湯治に行っていた。嘉三郎《かさぶろう》という極悪人に罠《わな》に落とされ、毒入りの味噌を販売してしまい、そのために、死者十人と床に臥《ふ》せる者が五十人を超える被害が出、藤蔵は牢につながれたのだ。無実が明かされたといっても、自分の店の味噌で死者が出たという事実は藤蔵をさいなみ、心の病となってしまったのである。

それをなんとか治すため、丈右衛門は藤蔵を連れて旅に出た。お知佳と娘のお勢《せい》も一緒だった。

箱根から無事に帰ってきたのは十日ばかり前のことだ。

「心配か」

「えっ」

「いや、案じるような顔つきをしているからさ」

「さようですか」

文之介は頰に触れた。こわばっている。なでさすった。

「うむ、だいぶにこやかになった。文之介、心配など要らぬ。藤蔵はさぞ喜ぼう」

丈右衛門がいたずらっ子のような笑みを見せる。

「もうとうに、お春がうれしくて藤蔵に話しているのではないかな」

朝餉を終えた文之介は南町奉行所《みなみまちぶぎょうしょ》に出仕《しゅっし》し、詰所《つめしょ》に入った。同僚たちと朝の挨拶《あいさつ》をかわした。

鹿戸吾市は、少し疲れたような顔をしていた。つい先日、木挽町で心中事件があったのは知っている。

死にきれずに出合茶屋から逃げた女を探しているのだが、事件からもう数日たっているにもかかわらず、探索はあまりうまくいっていないようだ。

助言ができたらいいと思うが、文之介自身、縄張ちがいということもあって事件の事情をほとんど解しておらず、女を探すためのいい手立ては浮かんでいないし、なにより吾市が文之介の助言を必要としないだろう。必要とするときがきたら、なにかいってくるにちがいなかった。

詰所を出た文之介は、奉行所の大門の下で勇七《ゆうしち》と会った。

「旦那、おはようございます」

いつものように明るく挨拶してきた。

やっぱりこれだよなあ、と文之介は晴れやかな笑みを浮かべている勇七を見て思った。朝は、しっかりとした挨拶からはじまんなきゃ、いかんのだ。

今はそれがふつうにできない者がずいぶんと増えてきたような気がする。勘ちがいではないだろう。

文之介は大声で挨拶を返した。

勇七が顔をしかめる。

「どうした」

勇七は手のひらで耳をさすっている。

「旦那、どうしてそんなに大きな声をだすんですかい。耳が痛くなりましたよ」

「そいつはすまなかったな」

文之介はわけを説明した。

「なるほど、そういうことですかい。でも、旦那がここで大声をだしたからって、挨拶する人が急に増えるってことはまずありませんよ」

「急に増えなくてもいいんだ。じわじわと効いてゆく感じで十分さ」

「じゃあ、毎朝、続けるんですかい」

「当たり前だ。俺の元気な挨拶を耳にして、気持ちいいなと思ってくれる人がきっといてくれるはずだ。そういう人も元気よく挨拶して、その輪がどんどん広がってゆけば、江戸はもっといい町になるはずだぜ」

勇七が深くうなずく。

「そういうものかもしれませんね。挨拶がきっかけとなって、いろいろと話をするようになれば、もしなにか困ったことが起きたとき、力になってくれる人が増えることにつながりますからね」

「そうなってくれたら、最高だな」

「旦那、あっしも明日から大声で挨拶することにしますよ」

「よし、勇七、よくいった。勇七が一緒なら百人力だぜ」

文之介が力こぶをつくったとき、金槌《かなづち》の音がきこえてきた。

見ると、大工たちが仕事をはじめたところだった。

つい最近、町奉行が殺されるという事件があった。その事件の絡みで、町奉行所は火をつけられ、あらかた燃えてしまった。激しい火があがったが、文之介たちの同心詰所がある大門や、勇七が以前住んでいた中間長屋などは延焼をまぬがれた。残骸はようやくのけられ、更地《さらち》になった。

おといから普請《ふしん》がはじまった。さすがに江戸の大工だけあって、仕事はすばやく、すでに柱が立ちはじめている。

「はやくできあがるといいな」

「まったくですよ。江戸の平和を守る最も重要な場所ですからね。町人たちも建物がなくて、落ち着かないんじゃないですか」

「北町《きたまち》奉行所があるから、まだいいけどな。こういうとき、二つの奉行所にわかれていてよかったなと思うな」

「まさか燃やされることを思い描いて、そういう仕組みをつくったわけじゃないんでしょうけどね」

「そりゃそうだろうな。でも、火事で焼けるかもしれねえことは、奉行所を二つにわけるときすでに考えに組みこんでいたんじゃないかな」

「ああ、そうかもしれませんね」

文之介は普請の様子にもう一度目を向け、しばらく眺めた。大工たちの小気味よい動きを目の当たりにして、この分ならそんなにときがかかることなく奉行所が再建されることを確信した。

文之介は勇七をうながし、市中見廻《みまわ》りに出た。

四

疲れたな。

まっすぐ射《さ》しこんでくる朝日を浴びて、吾市は思った。

もう四日だぜ。それなのに、なにも手がかりは見つからねえ。

吾市は懐に手を入れた。紙をつかみ、取りだす。扱いが雑だけに、しわくちゃになりかけている。

歩きながらひらいてみた。

ずいぶんと老けたじゃねえか。

きれいだった女が、しわだらけになってしまっている。ただ、両の瞳が持つ力だけは変わらず、いや、むしろこれまで以上の輝きを持ってきたような気さえする。それがじっと吾市を見つめ返す。

吾市は人相書のしわを伸ばした。

ほう、とたまらず息が出た。絵にもかかわらず、見れば見るほどいい女だ。

だが、本当にこいつは似ていやがるのか。ちっとも似ていねえから、知ってる者が一人も見つからねえんじゃねえのか。

探索に手抜きをしているわけではない。気分が乗らないところはあるが、だからといって必死にやっていないわけではない。

名はなんていうんだろうな。

再び人相書に目を落とし、吾市はじっと見た。

人相書が口をきくわけがなかったが、実際、吾市は期待した。なにか心に響くものがないか、と。

たまに、そういう怪異の類《たぐい》を耳にすることがある。吾市自身、ほとんど信じていないが、ここまでなにもつかめないと、そんな望みをかけても仕方ねえじゃねえか、と思わざるを得ない。

真之丞の葬儀を思いだす。真之丞の父親の家で執り行われたのだが、多くの人がつめかけていた。真之丞を贔屓《ひいき》にしている者はほとんど来ていなかったようだ。やはりまだ無名の役者にすぎない男だった。

吾市は葬儀の最中、ずっと女たちに目を凝らしていた。しかし、真之丞の情婦と思えるような女はいなかった。号泣している女たちは、すべて真之丞の親戚《しんせき》の者たちだった。浮草屋の蕗造などが話した姿形に合致する女はいなかった。

ただ、吾市のなかには一人、忘れられない女がいた。葬儀の席ではじめて会ったのだが、白い肌をした清楚《せいそ》な女だった。女の子を連れていた。眉《まゆ》を落としていなかったから人妻とは思えないが、どこかわけありのような雰囲気を醸《かも》しだしていた。

真之丞との関係をきこうとして近づいていったら、その気配を察したように女は葬儀から姿を消した。吾市は急いで外に出たが、女と女の子の二人連れはどこにも見当たらなかった。

まるで幽霊を見たかのような感じが残ったものだ。

だが、あの二人が幽霊であるはずがねえ。生身の人間だ。

きっとまたどこかで会えるさ。

「旦那、どうしました」

うしろから中間の砂吉が心配そうな声をかけてきた。吾市は振り向いた。

「いえ、往来のど真んなかで立ちどまって、なにやらぶつぶつとつぶやいているものですから」

砂吉が申しわけなさそうにいった。

「ぶつぶつぶやいているか。この女の名はいったいなんなのか、と思ってな」

吾市は人相書をひらひらさせた。

「名ですかい。確かにそいつがわかれば、身元が調べやすくなりますね」

「しかし、なにもわかっちゃいねえ」

吾市は人相書をていねいに折りたたみ、懐にしまった。

「この女、いったいぜんたいどこにいやがるのかな」

宙をにらみつけていった。

「砂吉、どうすれば見つかると思う」

「あっしにはわかりません」

「足を棒にすれば、浮草屋から逃げたこの女が見つかると思うか」

「はい、きっと。江戸にいるのは確かですから」

「俺たちの縄張の外にいるんだったら、見つからねえぞ。人相書を江戸中の自身番《じしんばん》にまわしちゃいるが、人ってのは滅多に人相書に注意を払わねえからな」

「さいですね」

砂吉が残念そうにうなずく。

「しかし、これだけの女だ、一つくらいどこかの自身番で引っかかってもいいと思うんだがなあ」

だが、どこからも、似ている女がいます、というつなぎはない。

「やっぱり似ていないいんじゃねえのか」

「考えられますね」

吾市はあたりを見まわした。

「立ちっ放しも疲れたな。砂吉、一休みするぞ」

吾市は、木挽町一丁目にある水茶屋にさっさと入った。長床几に腰かける。

「ああ、楽ちんだ。極楽、極楽」

ぎしと長床几が吾市の重みに苦情をいうように鳴った。

「なんだ、この腰かけは。安物をつかってんじゃねえのか」

吾市は顔をあげ、砂吉を見た。

「どうして突っ立ってんだ。とっとと座らねえか」

「はい」

不承不承という感じで砂吉がそっと腰を置いた。

「砂吉、休むなんて、って不満なのか」

「いえ、そんなことはありません」

「嘘をつけ。顔にはっきりと書いてあるぞ」

「すみません」

「なんだ、やっぱり不満だったのか」

砂吉がびっくりしたように吾市を見る。

「すみません」

「まあ、いいよ。おめえの気持ちもわからねえではねえんだ」

吾市は砂吉から目をはずした。茶店の看板娘が注文を取りに来ている。目がくりっとしていて、吾市の好みだ。だが、人相書の女のほうがずっといい。

吾市は、茶と饅頭《まんじゅう》を頼んだ。

すぐに運ばれてきた。

「ほら、おめえも食べろ」

饅頭を勧められて砂吉が驚く。

「そんな顔をするこたあ、ねえだろう。これまでだって、たまには饅頭くらいおごったことがあったはずだぜ」

「はい」

「遠慮するな。本当におごりだからよ」

「はい、ありがとうございます」

それでも手をだそうとしない。しようがねえな、と吾市はいって饅頭を手に取った。

「うむ、甘くてうめえぞ。餡《あん》にこくがあるな。煮方がいいんじゃねえのか」

うめえ、うめえと吾市が盛んにいうと、もともと甘いものが好きな砂吉はようやく饅頭に手を伸ばした。

「本当だ、おいしいですね。ほっとする味ですよ」

「だろう」

吾市は、砂吉が顔をほころばせたのを見て、満足だった。

こいつがこんなに喜ぶなら、もっとおごってやってもいいな。

「砂吉、心中は、今は別の言葉になっているが、その言葉がいつからはじめられたか、知っているか」

「相対死《あいたいじに》ですね。この言葉がいつからはじまったか、ですかい」

砂吉が厚手の湯飲みを手に、じっと考えこむ。

「知りません」

「嘘つけ。知っているだろうが。こんなことで俺に花を持たそうなんて考えずともいいんだよ」

「いえ、本当に知らないんです」

「強情なやつだ」

吾市は茶に口をつけた。熱くてうまい。ため息が出そうだ。

丈右衛門さんは猫舌だから、このうまさを知らねえんだよなあ。あんなにすごい人なのに、そういうこともあるんだよな。

「なら、俺からいうか。有徳院《ゆうとくいん》さまだよ」

「それはどなたですかい」

「八代将軍の吉宗《よしむね》公だ」

「そうですかい。あっしは本当に知りませんでしたよ」

砂吉が茶を一口、喫した。ほうっと息をつく。

「どうして名を変えたんですかい」

「当時、心中が頻発したらしいんだ。心中をこれ以上はやらせたくなかった公儀《こうぎ》は、相対死と名を変えたんだ。心中という呼び方に、男女を死に誘う甘い響きがあるんじゃねえかってな」

「なるほど、それで相対死なんていう、甘美さなんて微塵《みじん》も感じられない言葉にしたんですね」

「そういうこった。だが、心中が減るなんてことは決してなかった」

「そうですかい。上の人が名を変えたからといっても、死のうとする人たちの気持ちまで変えることは、そうたやすくできないってことですね」

「ほう、おめえ、学があるようないい方をするじゃねえか」

「いえ、とんでもない」

吾市は軽く咳払いした。

「砂吉、おめえ、今も真之丞が殺されたと考えているのか」

砂吉が湯飲みを長床几の上に置いて、うつむく。

「はい」

「おめえ、仕事が引けてから、一人、調べているんじゃねえのか」

砂吉は黙っている。

「どうなんだ」

吾市がいらついたようにいうと、ようやく顎を控えめに引いた。

「やっぱりそうか」

吾市は湯飲みを空にした。

「なにかつかめたか」

「いえ、なにも」

「そうだろうな」

俺だって一所懸命、女を探している。それなのにまったく手がかりはない。それに、もし砂吉が手がかりをつかんだら、必ずいってくるはずだ。そのくらいの信頼はあるはずだ。

「旦那の面目を潰《つぶ》しちまいましたか」

「おめえ、そんなことを気にしていたのか。俺の面目なんか、関係ねえよ。おめえがやりたいようにやればいいんだ」

「本当ですかい」

吾市は苦笑いした。

「とめたところで、どうせやるくせによくいうぜ」

「すみません」

仕事が終わってからなにをしようと、それは砂吉の勝手だ。このことについて、吾市はそれ以上、いう気はなかった。今は、砂吉のやりたいようにやらせておくしかなさそうに思えた。

吾市自身は、いくら砂吉が必死になっても、真之丞はやはり自死だろうという気がしている。

金貸しをしている父親にも会い、事情はすでにきいた。

金貸しというから脂ぎった顔をした男を思い描いていたが、実際には僧侶を思わせる男だった。しゃべり方に、世を達観しているような響きがあった。

父親も、せがれが自死するはずがありません、といい募《つの》った。

「手前の金の力とはいえ、本当に舞台を楽しみにしていたんです。これを弾みに必ずいい役者になってみせるから、と力強くいってくれたんです」

真之丞と同じ座の役者たちにも話をきいている。

誰もが父親の金の力でいい役をつかんだことをうらやんだり、やっかんだり、ねたんだりしていたのは事実のようだが、だからといって殺そうとする者など一人もいないというのが、吾市の感触だった。

役者などに金の面で後援する者がつくのは当然で、それがない役者にいい役がまわってこないのも至極当たり前のことにすぎず、仕方のないことでしかなかった。

それが親だろうと、かまわないというのが座の空気だった。とにかく芝居というのは金がかかるのだ。金をだす者の縁者が重用されるのは、道理にかなっているといえるのである。

「前からききたかったんだが、いいか」

吾市は砂吉にいった。

「はい、なんでしょう」

「真之丞という男とどういう知り合いだったんだ。俺は役者に知り合いなど、一人もいねえんでな、おめえがどうやって友垣になったのか、不思議でならねえんだ」

「そのことですかい」

砂吉が茶で唇《くちびる》を湿した。

「些細《ささい》なことなんですよ。一年ばかり前、非番の前日にあっし一人で飲みに行ったんです。かなり飲んで、長屋に帰ろうとしました」

砂吉は、町奉行所内の中間長屋に母親と住んでいる。

「それで」

「はい。帰ってくる途中、喧嘩《けんか》でもしたのかぼろ切れのようになって男が路上に横たわっていたんです。かなり酔っ払っているのがわかりました。あっしは大丈夫かと声をかけて、医者に連れていこうとしたんですけど、医者はきらいだからっていい張るんで、仕方なく中間長屋まで担いで運んだんです。傷の手当はおっかさんがしてくれました。あとからおっかさんが教えてくれたんですけど、顔には一切、傷がなかったそうです」

「ほう、そうか。かばい通したっていうことだな」

「翌朝、男は出てゆきました。必ずこのお礼はするからって何度も頭を下げて。真之丞という役者であるのはそのとき知りました。あっしは礼はするって言葉を本気にしませんでした。でもその次の日、あっしが仕事から帰ると、真之丞が待っていて、あっしに二枚の札をくれました」

「芝居小屋に入るための札か」

「はい、さようです。あっしはおっかさんと一緒に行きましたよ。真之丞にほとんど出番はなかったんですけど、思い切り楽しめました。楽屋にも案内してもらって、おっかさんもすごく喜んでいました」

それから、友垣としてのつき合いがはじまったとのことだ。

真之丞との思い出がよみがえってきたようで、砂吉は涙ぐんでいる。

数少ない友垣だったのだろうな、と吾市は思った。それを失ったのだ、悲しくないはずがなかった。

「明日は非番だ。一日かけて、探索する気でいるのか」

「そのつもりです」

「柔《やわら》の道場には行っているのか」

「はい、たまに」

「柔では絞めの鍛錬をするときいたことがあるが、本当か」

「ええ、本当です。絞められたとき、あっさりと降参するわけにはいかないですからね。そのための鍛錬です」

「なるほどな。じゃあ、おめえは首つりをしても、そうたやすく死にはしねえってことかい。おっと、縁起でもねえことをいっちまったな。すまねえ」

砂吉が涙をためた目で苦笑する。

「謝らなくてもいいですよ。旦那らしくもない」

吾市を見つめる瞳は、母親におやつをねだる幼子のようだ。

こいつは、と吾市は思った。俺のことをそんなに慕ってくれているのか。抱き締めたくなったが、吾市は男に興味はなく、手は伸びなかった。

勘定を払い、水茶屋を出た。

「すっかり長居をしちまったな。よし、女を探しだすぞ」

思い切り伸びをしてから、吾市は砂吉の背中を叩いた。今日も加減した。せざるを得なかった。

五

自死なんかじゃない。

砂吉にはその思いしかなかった。

「砂吉」

母親のおこんが呼びかけてきた。

「なんだい」

砂吉は箸を持つ手をとめ、母親を見つめ返した。

「今日は非番だろ。それなのに、また出かけるのかい」

「そうさ。真之丞を殺した女を見つけださなきゃいけないから」

おこんが悲しそうな顔になる。

「真之丞さん、本当に死んじまったんだねえ」

おこんはまだ信じられずにいるのだ。

「あの日、ご飯を一杯に食べていって、すごくおいしかったですっていってくれて」

酔っ払って喧嘩し、路上にのびていた真之丞を砂吉が連れて帰った日のことだ。

「あの笑顔は、忘れられないねえ。きれいだったよ。でもどこかはかなげだった。あれからまだほんの一年ばかりだっていうのに、こんなことになっちまうなんて、人の運命って、ほんとにわからないものだねえ」

おこんが袖口《そでぐち》で涙をぬぐう。

「砂吉、おまえは真之丞さんが殺されたって、しかと信じているのかい」

「うん」

「この前もきいたけど、どうしてそう思うんだい」

「真之丞に、自ら命を絶つ理由なんかないからだよ」

そう、とおこんがうなずいた。

「おまえがそこまでいうんなら、きっと真之丞さん、殺されちまったんだろうね。かわいそうに」

しばらく下を向いて泣いていた。また袖口で涙をふいた。袖はしぼれるくらい濡《ぬ》れている。

「砂吉、だったらとことんやりな。いったい誰が真之丞さんを殺したのか、突きとめてやるんだよ」

おこんは怖い顔をしている。

「うん、わかってる」

一転、おこんが頼りなげな表情になった。

「でも砂吉、おまえ、危ない目に遭わないかしら」

砂吉は明るく笑った。

「危ない目になんか、いつも遭ってるさ。それが仕事だからね。おっかさん、おいらは慣れているから、心配いらないよ」

「そうだね」

おこんは、自分を無理に納得させたようだ。

「じゃあ、おっかさん、行ってくるよ」

おこんの心がこもった朝餉を終えて、砂吉は出かけた。

今日は、真之丞が殺されてから初の非番だった。

徹底して調べてやる。

決意を胸に砂吉は、骨組みが少しずつ形をあらわしてきている奉行所の建物を横目に見つつ歩いた。朝日を浴びて、大きな黒い影となっている大門がすぐに見えてきた。

次々に出仕してくる役人たちとすれちがう。砂吉は、一人一人にていねいに挨拶していった。

大門に着いた。いつもならここで吾市と待ち合わせるのだが、今日は当然のことながら、吾市はいない。

そうだよな。

砂吉は胸中でつぶやいた。

鹿戸の旦那だって一所懸命働いているんだ、たまの非番くらい、休みたいに決まっているさ。

それでも、しばらく大門の下にたたずみ、吾市が来ないか、待ってみた。

駄目か。

砂吉は少し落胆した。

旦那が一緒だったら、きっと探索の手立てなど、いろいろ教えてくれるだろうに。

なにを弱気になっているんだ。今日は自分一人で調べるって前から決めていたじゃないか。旦那だって、おいらに当てにされても困るだけさ。

がんばろう。

自分がやれるのは、それしかなかった。おこんにも励まされたばかりではないか。

よし、やるぞ。

こういって、いつも吾市が背中を叩いてくれる。

ここしばらくやさしい叩き方になっているが、砂吉としては前のようにどやしつけるくらいの叩き方に戻してほしかった。そのほうが気合の入り具合がちがう。

砂吉は、ここに吾市がいて、背中を叩いてくれたような気分になった。

よし、やるぞ。

胸を張った砂吉は大門の下を出て、道を歩きはじめた。

まず向かったのは、出合茶屋の浮草屋だった。

暖簾《のれん》がかかり、ひらいているのはわかったが、朝を迎えたばかりの店はいかにも日の光がまぶしそうに建っていた。やはりこの手の建物は、夜のほうが似合いだ。

　砂吉は暖簾をくぐった。非番だが、身なりはいつもの中間の格好をしている。このほうが話をききやすいのではないか、という思いがあった。

案の定、入口そばにいた女中は、町方の者がやってきたと思ったらしく、やや身構えるような顔つきになった。

砂吉は、吾市の中間をつとめている者であることを告げ、今日は吾市の命によって一人で動いているといった。

「それで、この前、ここで起きた役者の心中事件について、あらためて話をきいてこいということになったんだ。おまえさん、話をきかせてくれるかい」

「はい、もちろんにございます」

砂吉はほっとした。背中を安堵《あんど》の汗が流れてゆく。

鹿戸の旦那はやっぱりたいしたもんだ。こんなに緊張する仕事を、いつも楽々とこなしているんだから。

まずはその女中に、真之丞のことを知っていたかきいてみた。

だが、事件のあった日は休みで、ここにはいなかったのがすぐにわかった。

別の者を呼んでもらうと、この前、吾市が詳しく事情をきいた番頭が出てきた。名は確か蕗造といったはずだ。

「この前の事件のことで、再度、話をおききになりたいということですが」

「その通りだ」

蕗造が腕組みをする。砂吉は入口に突っ立ったままだ。なかにあげてもくれない。このあたりはやはり町方同心に対する扱いとは明らかにちがう。

しかし、こんなことでくじけるわけにはいかなかった。真之丞の無念を晴らさなければならない。

砂吉は心を励まして、真之丞のことについて、新たに思いだしたことはないか、たずねた。

「ありませんね」

冷たくきこえる口調で、蕗造が答える。夜中に寝ていないわけはないのだろうが、今から眠るのだからはやく帰ってほしい、との思いが見え見えだった。

砂吉は引き下がりかけた。しかし、まだがんばりたかった。なにかきくべきことはないか、必死に考えた。

「例の女はあれから来ないかい」

「来ませんよ。そのことは、下《した》っ引《ぴき》の方にもいいましたよ」

「下っ引だって」

「ええ、鹿戸の旦那のつかわれている岡っ引の下の方とのことでしたよ」

吾市は岡っ引をつかっているが、今は病に臥しており、療養中の身だ。下っ引はいるが、吾市の命もなく、勝手に動くような真似はしないはずだ。それとも、吾市が命じたのだろうか。

いや、そんなことはあるまい。もし命じたのだとしたら、吾市はそのことを教えてくれるはずだ。

「その下っ引が来たのか。いつのことだい」

「つい先日ですよ。三日前ですかね。いや四日前ですね」

「名乗ったかい」

「いえ、名は差し障りがあるからと口にしませんでしたよ」

そうかい、と砂吉はいった。いったい何者なのか。

どんな男だったか、砂吉はきいた。

「とにかく小柄な人でしたね。表情をなくしたような人で、手前もあまり顔を覚えていないんですよ。こういうのはなかなかないんですがねえ」

蕗造が手を合わせる。

「そうだ、ずいぶんと赤ら顔でしたよ。細い目に丸い鼻をしていました。若い割に深いしわがあって、どこか猿みたいな人だなあって思いましたよ」

あわてて口を押さえる。

「猿だなんて、今のはその人に黙っててくださいね」

「わかってる」

あとで人相書の達者をよこさせる旨《むね》を伝えてから、砂吉は浮草屋を出た。吾市の下っ引を騙《かた》って、真之丞の事件を調べている者がいる。

これだけでも、ここに来た甲斐《かい》があったというものだ。

いったい何者なんだろう。

砂吉はあらためて思った。蕗造がいった風貌《ふうぼう》を思い描く。

浮かんできたのは、薄ら笑いを浮かべている男だった。

その笑いは人を小馬鹿《こばか》にしていた。突きとめられるものなら、突きとめてみな。

でもさ、無理だよ、やめときな。

冗談じゃない、と砂吉は思った。

必ず正体を明かしてやる。なめるんじゃねえぞ。

六

朝から酒。

これが吾市の非番の日のすごし方だ。

どうして朝から飲む酒は、とんでもなくうまいのかと思う。煙草《たばこ》のみが煙草を欲するように、非番の朝は酒が飲みたくてたまらなくなる。

だが、今朝は飲む気にならなかった。

砂吉は、もう朝から動きはじめたのだろう。よし、手伝ってやるか、という気に一時はなった。

しかし、結局は腰をあげなかった。ひどく疲れていて、体を動かすのが大儀《たいぎ》だった。

こんなに体が重く感じられたのは久しぶりだった。

どこか悪いのではないか、と疑いたくもなった。

いや、きっと歳のせいなのだろう。まだまだ若いつもりだが、さすがに十代のようにはいかない。じき三十半ばになるのだ。衰えは急速にやってきている。

食いとめるのには、どうすればいいのか。やはり食べ物だろうか。

そんなものより、丈右衛門にきいたほうがいいかもしれない。御牧丈右衛門は五十をいくつもすぎているのに、二十代の若い妻をめとった。

あの人は本当に歳を取らない。見た目も若いし、心も若い。

見習いたい。

たずねれば、秘訣《ひけつ》を教えてくれるだろうか。それとも、秘訣なんてないよ、というだろうか。

そんなことを考えている場合ではなかった。自分のことはどうでもいい。

今は砂吉のことを考えなくては。

なにをしているのか。

真之丞のことをいろいろききまわっているに決まっている。浮草屋や芝居の座の者たちと会っているのだろう。

しかし、なにがつかめるというのか。真之丞は自死だ。それ以外、どうにも考えようがない。

無名の役者を殺してなんの得があるというのか。それも、砂吉によれば、自死に見せかけたということになる。

父親は金貸しだから裕福で、真之丞は一人息子とのことだった。真之丞をかどわかして父親に金を要求するくらいのことはできただろうが、殺してしまっては元も子もない。

それに、もともとかどわかしは割に合わない犯罪だ。金の受け渡しの際に、どうしても下手人《げしゅにん》は姿をあらわさなければならないから、そのときに捕縛されるのがほとんど決まりのようになっている。

かどわかされたほうは、九割方、町方に通報してくる。かどわかされてしばらくは、人質のことを慮《おもんぱか》って通報をためらうが、ときの経過とともにやはり不安が頭をもたげてきて、町方に頼りたいという気持ちに変わってゆくようなのだ。

今、かどわかしのことを考えても、仕方のないことだった。

どうかしてるな。気持ちがいろんなところに飛んじまってる。

誰のせいだ。決まっている。

まったく砂吉の野郎、世話が焼けるぜ。非番のときまで心配、かけやがる。

やっぱり行ったほうがよかったな。そのほうが楽だった。

だが、今さら砂吉のあとを追うわけにもいかない。

身支度をととのえ、吾市は外に出た。大気を思い切り吸う。雨が近いことを感じさせる湿り気はなく、むしろ乾いていて、胸にすっと入ってきた。

なかなかうめえじゃねえか。

大気がおいしく思えたのなど、いつ以来だろうか。

記憶にない。

誰かにこういうのを話してえな。

吾市は物寂《ものさび》しさを覚えた。

こんなとき連れ合いがいれば、またちがうんだろうな。

ふとあたりを見れば、男と女の二人連ればかりが目についた。

ちっ。

舌打ちが出る。どこか自分だけが取り残されたような気分だ。

なんだい、この人。

目の前を通りすぎていった自分と同年配と思える男が、連れの女にささやいたのが耳に届いた。本当ね、きっとおかしい人なんじゃないの、見ないのが一番よ。

なんだ、と吾市は思ったが、どうやら知らずにらみつけていたらしい。非番だから、町方役人と一見してわかる着物は身につけていない。着流し姿で、頭もととのえていないから、下手をすれば浪人に見えるかもしれなかった。

にらみつけちまうなんて、まったく俺としたことがどうかしてるぜ。

吾市はかぶりを小さく振って、道を歩きだした。

どのくらい歩き続けたか。

おや。

吾市は目をみはった。

知らず深川《ふかがわ》のほうに来ていた。いつ永代橋《えいたいばし》を渡り、大川《おおかわ》をすぎたのか、それすらも覚えていない。

やっぱり俺はどうかしている。

腹が減ったな。どこか飯を食わせるところがねえかな。

深川には詳しくない。川が多く流れ、風光明媚《ふうこうめいび》なところだということくらいしか知らない。多くの文人墨客《ぼっかく》も住まっているという話はきいたことがある。

深川といえば、文之介の縄張だ。あいつは今頃、どこでなにをしているのか。まさか仕事を怠けているんじゃねえだろうな。

今のあいつはちがう。以前ならともかく、今は仕事を怠けるなんてこと、しやしねえだろう。

やつは成長しやがった。うかうかしていると、この俺さまも抜かれちまうぜ。

あいつに下に見られるなんてことは、避けなければならない第一のことだ。まったくそんなこと、冗談でもあっちゃあいけねえぞ。考えるだけでもおぞましい。

でも、文之介の成長の度合は目をみはるほどのものだ。偉大な父親とくらべられるのを前はひどくいやがっていたものだが、今はちがう。くらべられることなど、屁《へ》とも思っていない。

それだけ自分に自信が出てきたのだ。与力《よりき》の桑木又兵衛《くわきまたべえ》も、定町廻《じょうまちまわ》り同心のなかでは最も文之介に期待をかけているようなところが見受けられる。

冗談じゃねえ。

吾市はまた思った。

俺もがんばるぜ。文之介に抜かれたら、世も末だ。

どこからか女の声がきこえた。

なんだ、と吾市はこうべをめぐらせた。

なにも見えない。助けを求めているような女の姿などどこにもなかった。行きかう人は、女の声などきこえなかったかのように表情を変えることなく歩いている。

あれ、空耳だったのか。空耳とは思えねえんだがなあ。遠くの声が風に乗ってきこえてきたのかな。

そう思うことにした。

十間ほどは優に幅がある川沿いをしばらく歩いた。女の声のことはむろん、心にとどめている。

いい風が吹いている。気分がよかった。

出かけてきて本当によかった、と吾市は思った。文之介の縄張とはいえ、深川というのは実に気持ちのいい町だ。

吾市は、はっとした。また女の声がきこえてきたのだ。

まちがいない。やはり空耳ではなかった。

吾市は駆けだした。右手に見える橋のほうだ。橋の袂《たもと》に建つ大きな蔵の陰に隠れて見えないが、そちらに路地があるようで、声はそのあたりからだった。

吾市は駆けこんだ。思った通り、せまい路地だが、そこにも幅が三間ほどはある川が音もなく流れていた。この路地は行きかう人はなく、静けさが支配していた。

一人の女がこちらに背中を見せて、川をのぞきこんでいる。いや、一人ではなかった。女がきつく胸のなかで抱くようにしているのは女の子だ。叫んでいるのは、女の子のほうだった。

「どうした」

駆け寄り、吾市は女の背に声をかけた。

女が驚いたように振り向く。

「ああ、この子が人形を落としてしまって」

吾市は、その声がろくにきこえていなかった。目の前にいるのが、真之丞の葬儀のときに出会い、忘れられなくなった女だったからだ。

「えっ、どうしたって」

吾市は我に返ってきいた。

女が川を指さし、同じ言葉を繰り返した。そのあいだにも女の子は、なにか叫ぶようにしていた。か細い声で、なんといっているのか吾市にはきき取れなかった。

「俺が拾ってやろう」

吾市は川を見渡した。ほとんど流れはないが、人形はゆっくりと南のほうに流されつつあった。

吾市は、川のなかに何本もの杭《くい》が打たれているのを見た。川の両側がなだらかな石垣になっているところもある。

石垣を伝って流れのそばまでおり、杭に足を置けば、濡れることなく人形を拾いあげられそうだ。

そのためには急がねばならなかった。吾市は走り、石垣を慎重におりていった。

ぐらつく杭に右足をのせ、右手を伸ばした。人形にはなかなか手が届かなかったが、あと少しなんだよ、どうにかしてくれ、という思いが天に通じたか、人形に手が触れた。

指先で引っかけるようにして引き寄せる。

釣りはやらないからよくわからないが、釣り人が大物を釣りあげたときを目の当たりにしたことはある。あの釣り人のように、静かにあわてず、人形を手繰《たぐ》り寄せた。

うまくいった。

吾市は人形を流れから取りあげると、そろそろと石垣に戻った。ここまでうまくやってのけたのに、足を滑らせて川にどぼん、などということは、あってはならない。

人形を手に、道にあがった。女の子が飛びついてきた。

「おじさん、ありがとう」

「こら、お武家《ぶけ》になんということをするの」

女が女の子を引き離そうとする。

「いいんだ」

吾市は女の子に人形を手渡した。

「ひどく濡れてるから、はやく乾かしたほうがいいな」

人形は木目込《きめこみ》人形と呼ばれる類のもののようだ。人形に詳しくない吾市にはよくわからないが、確か木彫りの人形に溝をつけ、そのできた切れ目に衣装の生地をはさみこんでつくることから、木目込人形と呼ばれはじめたときいたことがある。

もともとは、京のほうでつくられはじめた人形で、それが江戸に伝わったといわれている。

「ありがとう、おじさん」

女の子が元気のいい声でいう。

目が赤い。さっき、女の子は泣いていて、声が出なかったのだろう。今は最高の幸せが訪れたように、にこにこと笑っている。

「よかったな」

吾市は女の子の頭をなでた。

「ありがとうございました」

女がていねいに頭を下げる。吾市はどきどきして、胸が痛かった。この胸の痛みにこれ以上、耐えられそうになかった。

「いいってことよ。男なら、あのくらい当然のことだ」

吾市は、じゃあこれでな、と手をあげた。

「あの、お名は」

どうするか、と迷った。告げるのはたやすいが、気恥ずかしさのほうが先に立った。

「名乗ったところで仕方ねえよ」

おい、なにをいってるんだ。千載一遇《せんざいいちぐう》の機会がめぐってきたっていうのに。

「それよりも、娘さんの名を教えてくれねえか」

「はい、お安いご用です。この子は、ひろ、と申します」

「どういう字を当てるんだい」

「平仮名です」

「おひろちゃんか、いい名だ」

「ありがとう」

おひろが満面の笑みでいう。

なんてかわいいんだろう。手を伸ばして抱き締めたくなっちまう。

その笑顔を見ていたら、胸の痛みは徐々に薄れはじめた。

これならばいいか。

吾市は女に目を向けた。

「おまえさんは、なんというんだい」

声がかすれた。思いを見透かされるのではないか、という気がして怖かった。

「はい、涼《りょう》と申します。涼しいという字を当てます」

「お涼さんか。おまえさんもいい名だな」

「ありがとうございます」

女がじっと見てきた。吾市はまたも落ち着かなくなった。また逃げだしたいような気持ちに駆られる。

「お名をおきかせ願えませんか」

「ふむ、そこまでいわれちゃあ、断れねえな」

吾市は告げ、南町奉行所の同心であることも伝えた。

「御番所《ごばんしょ》のお役人でしたか」

「まあ、そうだ。安心しな。鬼みたいに思われているところもあるが、取って食うような真似はしねえから」

「はい、それはよくわかっております。危険を冒して人形を取ってくださるお方が、怖いお人であるはずがございません」

「なにか困ったことがあったら、俺を訪ねてくるといい」

「はい、承知いたしました」

おまえさん、真之丞の葬儀に出ていたな、と吾市はききたかった。どうして出ていたんだい。真之丞との関係は。

だが、どうしてか喉に引っかかったようにその問いはできなかった。代わりに口をついて出たのはまったく別の言葉だった。

「おまえさんたち、このあたりに住んでいるのか」

「はい」

「そうか。気をつけて帰んな」

吾市はきびすを返した。肩で風を切って歩いた。

どうして俺はきれいな女の前に立つと、こうなのかなあ。

きくべきことはちゃんときかねえと駄目だろう。

これじゃあ、当分、嫁の来手《きて》はねえな。

そう思ったものの、もしかしたらお涼が嫁になってくれるかもしれねえ、とも思った。

二人の運命がそういうふうに定まっているのなら、またきっと会えるにちがいない。

吾市はそのときが必ずくることを、すでに確信していた。

七

今日、文之介は深川で吾市を見た。

吾市が今日、非番なのは知っている。それにしても、吾市が深川にやってくるなど、珍しいのではないか。

声をかけようとしたが、女の子を連れた女と親しげに話をかわしていた。それで、文之介は素知らぬ顔で通りすぎたのだ。

あんなに楽しそうにしている吾市を見るのははじめてのような気がし、邪魔をする気になれなかった。

「あのきれいな女の人は、鹿戸の旦那のなんなんですかね」

勇七も不思議に思ったようで、吾市の姿が見えなくなったのを見計らうように文之介にきいてきた。

文之介はにっこりと笑ってみせた。

「鹿戸さんのいい人かもしれねえぞ」

「そうかもしれないですねえ。なにしろ、定廻りはもてますからね」

「定廻りということで、もてているわけじゃねえだろう。鹿戸さんの人柄に惚《ほ》れたんじゃねえのか」

文之介が返すと、勇七が目を大きく見ひらいた。

「鹿戸の旦那の人柄に惚れる女が、果たしていますかねえ」

「勇七、おめえ、いつからそんなに口が悪くなったんだ」

「前からですよ」

「そうだったな。おめえはちっこい頃からたまに毒を吐きやがった。でも勇七、最近の鹿戸さんは昔とはちがうぞ」

「そうですね。そいつはあっしも認めますよ。人としてぐんと成長してきているのを感じますよ」

「そうだろう。だから、きれいな女に惚れられても不思議はねえんだ」

「鹿戸の旦那、まだ独り身でしたね」

「そうだ。もしかしたら、ああいう人がいたから、これまで独り身を通してきたのかもしれねえ」

「女の子は、まさか鹿戸の旦那のお子さんじゃないですよねえ」

「遠目だからあまりよくわからなかったが、鹿戸さんに似ているようには思えなかったな」

「女の子は、男親に似るっていいますね」

「そうすると、ますますあの子は鹿戸さんの子じゃねえな」

「鹿戸の旦那とあの親子連れは、いったいどういう関係なんですかねえ」

「そんなに気になるんだったら、じかにきいたらどうだ」

「いえ、あっしがきいても鹿戸の旦那は教えてくれませんよ」

「今の鹿戸さんならわからねえぞ」

「まあ、遠慮しときますよ」

結局、文之介たちは南町奉行所に帰ってきた。

自分の縄張のなかでこれといった事件もなく、文之介たちははやめに深川と本所《ほんじょ》をあとにしたのである。

大門のところで、妻の弥生《やよい》が待つ三月庵《みつきあん》という手習所に帰ってゆく勇七とわかれ、文之介はしばらくその場に立ち尽くした。普請の槌音《つちおと》が絶え間なくきこえてくる。日暮れまであと四半刻はあるだろうが、大工たちはなまけることなく必死に働いている。

仕事を終えようと思えば、大工などは午後の八つすぎに終わって、煮売り酒屋《にうりざかや》などに繰りだして酒を飲んでも、文句をいわれることはない。

そんなにはやい刻限に仕事を終わることで、自分の腕のよさをまわりの者に見せつける意味があるのだ。

しかし、町奉行所を建て直すことにたずさわっている大工たちは、今の仕事に誇りを持っているようで、まったく手を抜くことがない。

ありがたい話だ。あれなら、新しい町奉行所が勇姿をあらわすのは、本当にそう遠くない将来のことだろう。

心のなかで感謝の言葉をつぶやいて、文之介は詰所に入った。文机の前に座り、今日の日誌をしたためた。

ほとんど書くことがなく、逆に頭を悩ませることになった。

なんとか仕上げ、先輩同心たちが次々に帰ってゆくのを確かめてから、文之介は一人、詰所を出ようとした。

「文之介、帰るのか」

石堂《いしどう》という先輩同心に、声をかけられた。とても気のいい人で、文之介はこの石堂が大好きだった。

「なんだ、急いでいるのか」

「はい、ちょっと」

石堂がにやっと笑う。

「逢引《あいびき》だな」

文之介はどきりとした。

「なんだ、当たったか」

石堂がにこやかに笑う。目がなくなってしまい、男なのにかわいく見える。

「文之介、おまえ、同心としても人間としても成長したが、思いが顔に出るのだけはまったく変わらんな」

「はあ、すみません」

文之介は頭のうしろをかいた。

「別に謝ることはないさ。そこのところがなくなっちまったら、きっと文之介らしさも消えちまうだろうから、痛しかゆしというところだな」

「はあ」

「文之介、いつまでもそんなところに突っ立ってないで、さっさと行け。待たせるのは、相手に悪いぞ」

「わかりました。では、これにて失礼いたします」

「おう、急いで帰れよ」

文之介は詰所を飛び出た。大門を抜けたところで走るのはやめた。まだときはたっぷりとある。お春との待ち合わせの刻限は六つだ。しかし、気がはやる。すぐに急ぎ足になった。

待ち合わせの場所は、永代橋の西側の袂だった。お春は待っていてくれた。すでに日は西の空に没しはじめており、あたりは暗くなりかけていたが、そこだけ光が当たっているかのように明るく見えたところにお春が立っていた。

お春の姿を目にしただけで、文之介は幸せな気持ちになった。幼い頃からずっと好きだった女が、自分が来るのを待っている。そういうふうになるのを、長いこと待ち望んでいた。それがようやくうつつになったのである。

文之介は舞いあがるような心持ちだ。駆けるようにしてお春に近づいていった。お春が文之介に気づき、ぱあっと花が咲いたような笑顔になった。それを見て、文之介の心は満たされた。

喜んでいる。

好きな女の笑顔。それだけで男は幸せを感じる。

文之介はそっと息をととのえ、お春の前に立った。結婚を申しこんでから会うのは二度目だが、なんとなく気恥ずかしさがある。

「待ったかい」

声がひっくり返らないように注意してきいた。お春がかぶりを振る。そんな仕草も実にかわいい。

「ううん。私も今、来たところよ」

「迷わなかったか」

「迷わないわよ。どうしてそんなこと、きくの」

「だってお春は小さい頃から、よく道に迷っていたじゃないか。方向がすぐにわからなくなるんだよな」

「それは小さかったからよ。今はもうちがうわ」

「そうか。それならいいんだ」

文之介はまわりを見渡した。永代橋は人で一杯だ。

仕事を終え、家路を急ぐ職人ふうの人、これから飲みに出かける様子の者、まだ仕事が残っているのか早足で歩く商人、文之介たちのような男女の二人連れ、幼い子の手を両側から引く家族連れ。町人だけでなく、供を引き連れて屋敷に戻るらしい侍《さむらい》の姿も目立つ。

「よし、じゃあ、行こうか」

だいぶ暗くなり、文之介は懐から小田原提灯《おだわらぢょうちん》を取りだして、火をつけた。あたりがほんのりと明るくなり、足元はよく見えるようになった。ただ、逆にお春の顔のあたりが陰になってしまい、あまり見えなくなってしまったのが残念だった。

文之介が歩きだすと、お春が静かにうしろについた。

今宵《こよい》は、食事をしようと約束していた。なにを食べるか、文之介はまだお春に告げていない。

「どこに連れていってくれるの」

お春がきいてきた。

「うまい店さ」

「なにを食べさせてくれる店なの」

「お春の好物だ」

「私の好物というと、お蕎麦《そば》かしら」

「蕎麦切りもいいけれど、もっとこくがあるな」

「こくがある食べ物なの。なにかしら」

「楽しみにしておいていいよ。もうすぐそこだし」

「なんだ、意外に近いのね。もっと一緒に歩きたかったわ」

「じゃあ、遠まわりしてゆくかい」

「文之介さん、おなか、空いてないの」

「ぺこぺこだよ」

「だったら、まっすぐ行きましょう。文之介さんの空腹を満たすのが、まず先だわ」

「ありがとう」

お春はとびきりかわいいが、こういう心根《こころね》のやさしさも持ち合わせている。文之介はこういう気遣いをされると、とてもうれしくなってしまう。文之介だけでなく、男はみんな同じだろう。

文之介は右手にあらわれたせまい路地に入りこんだ。

「ほら、あれだよ」

路地の左側に赤い提灯がともっている。大和田《おおわだ》と墨書されていた。

「なにを食べさせてくれるのかは、まだ謎《なぞ》のようね」

提灯や夜の風にふんわりと揺れる暖簾には、なにも記されていない。

文之介は暖簾を払い、戸をあけた。

「いらっしゃいませ」

元気のいい声が顔にかかる。

「ああ、御牧の旦那、いらっしゃいませ」

厨房《ちゅうぼう》から顔をのぞかせた男がいった。この店のあるじの富吉《とみきち》だ。十五人も座れば一杯の座敷は、すでに三組ほどの客で埋まりかけていた。場所はさほどよくないが、味のよさで知られているために、いつも混《こ》んでいる。

「相変わらず繁盛しているな」

「おかげさまで」

「二階、いいかな」

文之介は上を指さした。

「もちろんですよ。どうぞ」

富吉の女房のおたけが出てきて、文之介たちを案内した。せまい階段をあがると、廊下に出た。廊下をはさんで二つの座敷が向き合っている。

おたけが右側の襖《ふすま》をあける。

「どうぞ、こちらに」

文之介たちは座敷に座った。

「お豆腐なのね」

文之介から注文を受けたおたけが下におりてゆくや、お春がいった。

「好物だろう」

「ええ、楽しみよ」

お春がにっこりと笑った。抱き締めたくなった。

しかし、ここでそんな真似をするわけにはいかない。文之介はぎゅっと拳《こぶし》を握り締めることで、こらえた。

「ここの豆腐はうまいんだ」

「どんなものが出てくるの」

「それもお楽しみだな」

次々におたけが運んできた。それを見て、お春が目をみはる。

「すごい」

湯葉《ゆば》の刺身、揚げ出し豆腐、豆腐の田楽《でんがく》、飛竜頭《ひりようず》、ふわふわ豆腐、うどん豆腐、凍《しみ》豆腐、湯豆腐などが出てきた。

お春は、おいしい、おいしいしかいわなかった。

「こんなお豆腐、食べたの、初めてよ。文之介さん、ありがとう」

「喜んでもらって、俺もうれしいよ。連れてきた甲斐があった」

満足して大和田を出た。

すっかり暗くなっていた。行きかう人も目に見えて少なくなってきている。

帰るのはたやすかったが、文之介としてはお春ともっと一緒にいたかった。お春も同じ気持ちなのではないか。

提灯を手に、文之介はことさらゆっくりと歩いた。お春が静かについてくる。さくさくと土を踏む音だけがきこえる。

やがてぼんやりと永代橋が見えてきた。あれを越えると、お春の家である三増屋《みますや》はそんなに遠くない。

文之介は胸が痛くなってきた。このままお春を帰したくなかった。

どうする。

文之介は自らに問いかけた。

しかし答えは出ない。

永代橋がさらに近づいてきた。

永代橋が近くなってくると、また人が増えてきた。

まずいぞ、これは。

文之介は気が焦ってきた。

このままなにもせずに帰してしまうなど、そのことがお春に対して失礼なような気がしてきた。

そうだ。だから文之介、なんとかするんだよ。

しかし、体は前にただ進んでゆくだけだ。

えーい、なんてだらしない男だ。

文之介は頬を引っぱたいた。

「どうしたの」

お春が驚き、首を伸ばしてのぞきこんできた。

文之介は、お春の手を取った。

「あっ」

お春が声をあげる。

文之介はかまわず、左側の人けのない路地にお春を連れていった。ほとんど連れこんでいた。

提灯を吹き消す。途端に闇《やみ》が二人を包みこんだ。

闇の壁がそそり立ち、文之介はこの世に二人だけになったような気分になった。勇気がさらにわいてきた。

文之介はお春に向き合い、耳元にささやいた。

「お春、好きだ」

「私もよ」

文之介はそっと顔を近づけ、お春の唇を吸った。

甘い香りが立ちのぼり、胸のなかにあふれる。文之介はめまいがした。

お春は目を閉じている。その表情は闇のなか、奇跡でも起きたかのように光り輝いていた。

文之介はときがとまれ、とすら思った。ずっとこうしていたかった。

第二章　柔の助け

一

浮草屋で役者の真之丞と心中を試みたものの、死にきれず逃げだした女を追いかけて、もう十二日が経過した。

まったく足取りがつかめないまま、二度目の非番も終わってしまった。

吾市は、昨日こそは朝から飲む気になっていた。飲んだくれるつもりだったが、結局、酒は一滴も口にすることなく、また深川に出かけた。

お涼とおひろという母子に会いたくてならなかった。

一日中、それこそ日暮れ近くまで二人と出会った界隈を歩きまわったが、母子の顔を見ることはなかった。

本当にあのあたりに住んでいるのか。疑いたくなったが、お涼に嘘をつく必要はなかったはずだ。

それにしても、と吾市は大門の天井を見あげて思った。俺は昨日一日、なにをしていたんだい。

ただ、餌《えさ》を漁る野良犬みたいに深川をうろつきまわっていただけだ。まったく情けないったらありゃしねえ。

昨日はずっと平服でいたが、町方同心であることを自身番の者に打ち明けていたら、お涼とおひろの二人が暮らす家がわかっただろうか。

わかったところで、どうするというんだ。

吾市は自らに問うた。

つきまとう気でいるのか。

そんな真似ができるわけがない。俺は町方同心だぞ。

ほかのことを考えよう、と吾市は思い、真之丞の死骸のことを脳裏に思い浮かべた。

ああ、そうか。

なんとなくだが、お涼とおひろという母子が何者なのか、吾市のなかでわかったような気になった。

あの二人は、死んだ真之丞の女房と子なのではないか。

そうとしか思えない。おひろは真之丞に似ていないか。

真之丞が死んで、今は金貸しの父親の庇護《ひご》を受けているのだろうか。親父《おやじ》は、二人のことをかわいがっているにちがいない。

であるなら、俺が今さらのこのこ出ていって、二人の面倒を見る必要などどこにもない。

しかし、お涼はいい女だ。どうしても会いたい。

あの女性こそ、俺の運命の女じゃないのか。

そうあってほしかった。

それにしても、と吾市は大門から町奉行所内の中間長屋のほうを眺め渡した。

砂吉の野郎、ずいぶんと遅いじゃねえか。いってえなにをしてやがるんだ。

砂吉が遅れることなど、滅多にない。滅多にどころか、これまで一度もなかったのではないか。

なにかあったのか。

まさかあいつに限って。

だが、吾市の頭には、黒雲が渦巻きはじめている。

知らず走りだしていた。

槌音がきこえだした普請場の横を通り抜け、中間長屋に向かう。

砂吉の長屋は、何度か足を運んだことがある。

戸があいていた。吾市は土間に駆けこんだ。砂吉っ、と叫ぶ。

「ああ、これは鹿戸さま」

疲れ切った顔の女が顔をだし、吾市を呼んだ。

「おこん。砂吉はどうした」

「それが昨日から戻らないんです」

「どこに行った」

「真之丞さんの仇《かたき》を討つっていって、出ていったきりです」

「そうか」

吾市はきびすを返し、走りだそうとした。

「鹿戸さま」

吾市は振り向いた。

「どこに行かれます」

「砂吉を探す」

おこんが虚空《こくう》を見ている。

「砂吉はどうしてしまったんでしょう。帰ってこないなど、初めてのことなんです。心配で心配で」

「案ずるな」

吾市は力強くいった。

「必ず無事に連れて帰る」

「よろしくお願いします」

おこんは泣きだしそうになっているが、かろうじて涙をこらえている。砂吉の身になにかあったことを確信している表情だ。このあたりは母親の勘だろう。

「俺にまかせておけ」

吾市は土間から駆けだした。振り返ると、おこんが戸口で泣き崩れていた。

砂吉は、おこんに育てられたようなものだ。父親はおこんが若い頃に死んだ。砂吉と同じくやはり定町廻り同心の中間をつとめていて、捕物の際、刺し殺されたのだ。

それも、定町廻り同心をかばっての死ときいた。

そういういきさつだったから、奉行所内の中間長屋を追いだされることなく、しかも命を救われた同心の手厚い援助もあって、夫婦の一粒種だった砂吉は無事に育つことができたのだ。

通例なら長じた砂吉は、父親の仕えていた定町廻り同心の下につくことになるはずだった。しかしその同心が引退し、せがれが新たに町奉行所に見習いとして入ってきたもののの、すでに別の中間を用いることがはっきりしていた。

そのとき吾市は年老いた中間を使っていたのだが、その老中間は無理がきかなくなっていた。走ることももろくにできなくなっていたのだ。

老中間はとうの昔に隠居を考えていたが、後釜《あとがま》を見つけてから、と思っていたところ、ようやくにして砂吉という男があらわれ、吾市の中間の交代はすんなりと行われたのである。

あれはもう六年前のことだ。最初に会ったときは線の細さが気になったが、今はだいぶどっしりとしてきた。中間としてさまになってきた。

とにかく気のいい男で、吾市は使っているうちにどんどん気に入っていった。今は、最も近しい存在といっていい。

その砂吉に、なにかあったというのだろうか。

焦りの汗が頬を伝ってゆく。ぬぐうのももどかしい。

あいつは無理をしたのではないか。もしかしたら、本当に真之丞は殺されており、砂吉は事件の真相に迫ってしまった。そういうことではないか。

だとしたら、無事ではすまないか。

くそう。しくじりだ。あいつの言葉をどうして信じてやれなかったのか。

いや、待て。

吾市は大門まで戻ってきて、思い直した。

どうして砂吉になにかあったなどと、おこんも含め、思ってしまったのか。

砂吉は二十四で、大の大人だ。どこかで酔い潰れただけのことではないのか。

ちがう、そうではない、と肌がいっている。

吾市は唇を噛み締めた。

「どうかしたんですか」

のんびりと声をかけてきた者がいる。見ると、文之介だった。

相変わらずのんきな野郎だ。

吾市はにらみつけた。

「文之介、おめえ、ずいぶんとゆっくりとした出仕じゃねえか」

「ええ、出仕前に用足しをしてきたんです。桑木さまには話してあります。というより桑木さまの用事だったんですよ。このところおまえは暇だからっていうんで、ちょっとした届け物を仰《おお》せつかったんです。勇七にも、今日は遅くでいいよ、といってあります」

気づいたように文之介がまじまじと見てきた。

「鹿戸さん、ひどく汗をかいていますね」

吾市はどういうことなのか、語ってきかせた。

「砂吉が――」

文之介が眉根を寄せる。

「確かに気になりますね」

「落ち着かなくてしようがねえよ」

吾市は首筋をがりがりとかいた。だいぶ前に、虫に刺されたかゆみがよみがえってきている。

「なにもなければいいんですけど」

文之介が案じ顔でいったとき、一人の中間が道を近づいてくるのが見えた。

おっ。吾市は期待したが、それは勇七だった。

舌打ちが出た。

文之介を認め、駆けるようにしてやってきた勇七が吾市と文之介に明るく挨拶する。なにごともなく昨日という一日をすごしたのがわかる、晴れやかな表情をしていた。疎《うと》ましかった。

文之介が、勇七にも話してもかまいませんか、というので、吾市は無言でうなずいてみせた。

文之介が真摯《しんし》な口調で、砂吉のことを勇七に伝えた。

勇七が形のよい眉を曇らせる。

「本当に心配ですね。砂吉さん、こんなに遅れることなど、一度もなかったんじゃありませんか」

「そうだ」

吾市はぼそりといった。かたく腕組みをする。

「ここで油を売っていても仕方ねえな。文之介、俺は行くぜ」

「どこにですか。心当たりがあるのですか」

「まあな」

吾市は歩きだそうとした。すぐに足をとめる。

ここで文之介にこれまでの経緯を話すのは面倒くさかったが、吾市はその思いを封じこんだ。

きき終えて、文之介が深く顎を引く。背後の勇七も同じ仕草をした。

「そうだったのですか。死んだ真之丞という役者は砂吉の友垣だったのですか」

「そうだ。だからやつは、しゃかりきになって、真之丞は殺されたことを明かそうとしていた」

それが徒《あだ》となったというようなことにならなきゃいいんだが。

吾市は空を仰ぎ、切に願った。ふわふわと漂っている雲の一つが、人なつこく笑っている砂吉の顔に見えた。

二

「つまりはそういうことだ。文之介、俺は行くぜ」

吾市が大門の下を抜け、肩で風を切るようにして数寄屋橋御門《すきやばしごもん》のほうに向かってゆく。

「旦那、どうします」

吾市の後ろ姿を目で追って、勇七がきいてきた。

「行くか。砂吉が心配だものな」

「あっしも鹿戸の旦那と一緒に行ったほうがいいような気がします」

文之介と勇七は吾市のあとを追おうとした。すぐに足をとめることになった。数寄屋橋御門を抜け、吾市のもとに駆け寄ってきた者があったからだ。

砂吉かと思ったが、残念ながらちがった。身なりは町人だ。

二人は深刻な話をしているようで、吾市の横顔がゆがんだのがはっきりと見えた。

まさか。

文之介は最悪の事態を脳裏に思い描いた。

勇七とともに駆け寄った。

「なにがあったんです」

吾市がぎろりと瞳《ひとみ》を動かし、にらみつけてきた。

「砂吉が首をつりやがった」

「ええっ」

文之介はそれきり絶句した。横で勇七はかたまってしまっている。

「どうして」

ようやく言葉を喉の奥からしぼりだした。

「わからねえ」

「容態は」

「それもまだわからねえ」

「鹿戸の旦那、はやく」

吾市の縄張にある自身番で小者《こもの》として使われているらしい若者が急《せ》かす。

「ああ、そうだった」

我に返ったように吾市がいきなり走りだす。土煙がもうもうとあがった。

「勇七、行くぞ」

文之介も勇七をうながし、地を蹴って駆けはじめた。吾市以上の土煙があがったが、それに目を向けている暇は文之介たちにはなかった。

やってきたのは木挽町二丁目である。この町に入ったところで、自身番の若者が足をゆるめたのだ。

確か、と文之介は思った。心中事件があったのも木挽町ではなかったか。

走りながら振り返り、勇七に小声で確かめてみる。

「ええ、そうですよ。木挽町七丁目の浮草屋とかいう出合茶屋だった覚えがあります」

勇七の物覚えのよさには、いつも感心させられる。だが、今はほめている場合ではなかった。

「こちらです」

自身番の若者が道を折れる。すぐに足をとめた。

文之介たちは目の前の建物を見た。

看板が小さく出ている。民代屋《たみしろや》と記されていた。ここも浮草屋と同じく、出合茶屋だった。

文之介たちは、夜のあいだの役目を終えてどことなくうつろな雰囲気を醸しだしている建物に入った。

間口はせまかったが、奥行きはかなりあり、幅があまりない廊下に沿っている部屋も多そうだ。二階もあるようだが、砂吉のいるのは一階のようだ。

自身番の若者は勝手知ったる我が家とでもいわんばかりに、民代屋のなかをずんずんと進んでゆく。

最も奥の部屋まで来た。

「こちらです」

襖《ふすま》はあけ放たれていた。部屋は四畳半だった。

布団の上に人が寝かされていた。それが砂吉であるのは紛れもなかった。鴨居で首をつったのかもしれないが、すでに下におろされていた。部屋のなかは、ずいぶんと酒臭かった。

医者らしい姿もある。

ということは、と文之介の胸に希望の灯《ひ》がともった。砂吉はまだ生きているってことだぜ。

浮草屋での心中事件の報告書は文之介も読んだが、真之丞という役者の死骸が鴨居からおろされなかったのは、浮草屋の者が心中ははじめてでなく、真之丞が完全に死んでいることを確かめたから、医者ではなく町方を呼んだとのことだった。

今回、砂吉がおろされ、医者が呼ばれたということは、きっと息があったからにちがいない。

文之介は期待を抱いて、砂吉の横たわる布団に近づいた。酒臭さが強くなり、鼻に入りこんでくる。砂吉の体から、安酒のいやなにおいが漂ってきた。

吾市はすでに枕元にしゃがみこんでおり、顔をのぞきこんでいた。砂吉の口に手を当て、さらに胸に耳を置いた。

吾市が顔をゆがめる。

息をしてなくて、鼓動もきこえないのだろうか。

文之介は暗澹《あんたん》として思った。鴨居からおろしたとき、かろうじて息があっても、結局は死んでしまうというのはよくあることだ。

勇七は横で呆然《ぼうぜん》と突っ立っている。

「どうなんですか」

吾市が若い医者にきいた。

医者が首を振る。

「残念ながら。おろしたときはまだ息があったようなんですが、もう少し見つけるのがはやかったのなら、またちがう結果だったと思います」

吾市が医者をきつい目で見た。あきらめたように視線をはずす。

「砂吉、起きろ」

いきなり叫んで、砂吉の上に馬乗りになるや、張り手を飛ばした。びしっという音が部屋に響く。

「なにをするんです」

医者が驚き、腰を浮かせる。吾市にはその言葉はきこえていない。

「てめえ、こんなところで死ぬなんて、俺は許さねえぞ」

砂吉の襟首をつかみ、顔をぐっと持ちあげる。腕力で顔のそばに引きつけ、砂吉をにらみつけた。

「起きろっ、砂吉」

またも張り手を食らわせた。首の据《す》わらない赤子のように、砂吉の顔がぐらぐらと揺れる。

「起きろっていってるんだ」

しかし、砂吉は目をうっすらとすらあけない。

「この野郎、起きねえと殺すぞ」

吾市が真っ赤になって叫んだ。

「起きろっ、起きろっ。砂吉、目を覚ますんだ」

吾市が頭突きを食らわす。砂吉の額にまともに入った。

「痛え」

うめくようにいって、頭を押さえたのは吾市のほうだった。

「くそ、砂吉、やりやがったな。てめえの石頭を忘れてたぜ」

「大丈夫ですかい、旦那」

か細い声がした。吾市が腹でも踏んづけられたかのように、がばっと砂吉に顔を近づけた。

「起きたか」

これ以上ないと思えるほどの喜色を見せて、砂吉の顔をのぞきこむ。

やったぞ、鹿戸さんの執念が上まわったんだな、と文之介は勇七とともに歩み寄り、砂吉を見つめた。

だが、砂吉は目を閉じたままだ。意識を取り戻したのは一瞬にすぎず、また気を失ったようだ。

「おい、砂吉、起きろ。一度起きたのに、また寝るなんて、立派な大人のすることじゃねえぞ」

また砂吉の頰を張った吾市を視野に入れつつ、文之介は医者を見つめていった。

「なんとか、また目があかないでしょうか」

「今ので、最後の力を使い果たしたんでしょう。もう無理です。手前はやれるだけのことはやりました」

こんなことは思いたくないが、この医者は駄目だ。

文之介は砂吉の顔を見た。肌がうっすらと赤くなってきている。これは、血がめぐっているなによりの証ではないか。

そのことを吾市にいった。

吾市もまじまじと砂吉を見た。

「ほんとだ」

「別の医者に行きましょう」

文之介は提案した。

「鹿戸さん、このあたりに腕のいい医者はいますか」

「残念ながら、腕のいいのはいねえ」

吾市が目の前の医者を見据えて、皮肉にいう。

医者は横を向き、きこえない顔をしている。

「いますよ」

口をはさんだのは、文之介たちを案内してきた自身番の若者だ。

「どこだ」

吾市がすばやく問う。

「ちょっとありますが、むちゃくちゃ遠いというほどでもありません。臨但《りんたん》先生というお医者です。行ってみますか」

「連れていってくれ」

吾市が鋭い口調で命じて、民代屋の者に戸板《といた》を用意させる。

文之介に勇七、吾市、自身番の若者の四人で砂吉を乗せた戸板を持ちあげ、急ぎ足に民代屋をあとにした。

道に出ると、さらに急いだ。道行く人を突き飛ばしかねないほど必死で駆けた。戸板の前をがっちりとつかんでいる吾市が、どけ、どけ、どけ、と怒声をあげる。あわてて通行人がよけてゆく。

四人で戸板を持っているとはいえ、さすがに大の大人一人を運ぶというのは重たく、つらい。汗を噴きださせ、息をあえがせて文之介たちは前に進んだ。

五町ばかり来たとき自身番の若者が、そちらです、と左に曲がるようにいった。

もう近いんだな。ほっとした思いを抱いて文之介たちはその言葉にしたがった。

「そこです」

道を曲がって五間ほど行ったところに、診療所が建っていた。陽夕庵《ようゆうあん》、と記された看板が路上に出ていた。

「先生、いらっしゃいますかい」

自身番の若者が、入口の戸を壊しかねない勢いであけた。

「いるぞ、どうした」

なかで茶をすすっていた、白いひげを山羊《やぎ》のように垂らしている男がすっくと立ちあがった。

「急患です」

「そこに寝かせろ」

臨但と思える男が、隣室の寝床を指でさした。

文之介たちは砂吉を戸板からおろし、横たわらせた。

「どうした」

手をすばやく洗った臨但が問う。

吾市がいう前に、自身番の若者が手短に説明した。

「首つりか。それにしては酒臭いな。酔った勢いで自死を試みようとする者は珍しくないようだが」

臨但が砂吉を診はじめた。気づいたように顔をあげる。

「おまえさんたちは、そちらに行っていなさい」

吾市は砂吉のそばを離れがたかったようだが、文之介がうながすと、渋々といった風情で隣の部屋に移った。

「閉めてくれ」

臨但がいい、勇七が襖の引手を静かに引いた。

半刻ばかり臨但の治療は続いた。

まだか、と何度もつぶやいて吾市は気をもんでいた。

「終わったぞ」

襖がひらくと同時に臨但がいった。

「どうですか」

吾市はすでに立ちあがっていた。

臨但は険しい顔をしている。

「手は尽くした」

「それで」

吾市が臨但に詰め寄る。

「一命は取り留めた」

「まことですか」

「まことだ」

臨但があごひげを軽くなでていった。

「だが、予断は許さない。ここ一両日が山だろう」

臨但が、皆に来るようにいった。文之介たちはそろそろと敷居を越え、砂吉のまわりに集まった。

砂吉の首には白い布が巻かれている。酒臭さは取り除かれ、膏薬《こうやく》のにおいがしていた。

規則正しく腹が上下している。ぐっすりと寝ている風情だ。

そのことに、文之介は砂吉の生命というものを感じた。

臨但が文之介たちを見まわす。

「この若い方は、首がずいぶんと丈夫にできているな。なにか鍛錬をしているようだが、柔かな」

さようです、と吾市がいった。

「柔では絞めに対してすぐに落ちないようにするために、首の鍛錬をしきりにしているというようなことをいっていました」

「なるほど。それが、今回は役に立ったというわけか」

臨但は感心したという表情を隠さない。

「だが、柔だけではないぞ。この若い方の生きるという強い思いがあったのが、なによりもよかった」

砂吉のことを臨但に頼んでから、文之介たちは陽夕庵を出た。

「臨但先生にまかしておけば、きっと大丈夫ですよ」

自身番の若者が自信満々にいう。

「なにしろこれまでだって、ほかで見放された患者を何人も治しているんですから。外科も本道もどちらもこなしますよ。小児科や婦人科もござれですからね、ほんとたいしたものですよ」

臨但が多くの者から慕われているのが、このことからわかった。文之介たちは安堵の思いに包まれた。

「陽夕庵という名なんですけど、どうしてそういう名になったか、わかりますかい」

自身番の若者がきいてきた。人のよげな笑みを浮かべている。

「わからないな」

吾市がなにもいわないので、気をつかって文之介はきいた。

「どうしてだい」

「こんなときにいうべきことではないのかもしれませんが、いいですか」

「かまわんぞ」

不意に吾市がいった。

「教えてくれ」

わかりました、と自身番の若者がうれしそうに口にする。

「臨但先生は、上方で医者の修業をしてきたそうです。それで、あの名にしたそうなんですよ」

わからねえぞ、と文之介は思った。うしろの勇七も同じだ。吾市も首を盛んにひねっている」

「わかりませんか。陽夕庵と何度もいってみてください」

文之介たちは素直に臨但の診療所の名を繰り返した。

「わかった」

文之介は声をあげた。

「ようゆうあん。つまり、ようゆうわあ、だな」

「ご名答」

自身番の若者がにっこりと笑う。

「上方の人たちの口癖を、そのまま使わせてもらったのだそうです」

文之介たちは民代屋に戻った。

自身番の若者には、よく礼をいって引き取ってもらった。

「砂吉のこと、決して誰にも話しちゃならねえぞ」

最後に文之介はいった。

「はい、わかりました」

自身番の若者は、行きかう人たちの群れのなかに足早に消えていった。

民代屋に入った吾市が、店のあるじや奉公人たちを集め、砂吉のことをすぐにききはじめた。

文之介と勇七も吾市のうしろで、話をきいた。店のなかは薄暗く、どことなくかび臭さが漂っており、あまり長居をしたくない場所に思えた。

奉公人たちの話では、昨晩、砂吉はひどく酔っ払って女と二人で民代屋にやってきたとのことだ。

「その女はどうした」

吾市が鋭く問う。

「いつの間にか消えていました。多分、夜のあいだだったと思います」

女中の一人が答えた。心中して死にきれなかったのではないか、と思っているのがありありと顔に出ている。

「どんな女だった」

「きれいな人でした」

女中があっさりという。

「この女か」

吾市が懐から人相書をだし、見せる。

女中が首をひねる。

「似ているような気がしますけど、ちがう気がします」

「よく見てくれ」

吾市は、窓の下の明るいところに女中を連れていった。

「どうだ」

じっと人相書に目を落としていたが、すまなげに女中がかぶりを振った。

「すみません、やはりはっきりとはわかりません」

そうか、と穏やかにいったが、吾市は苦り切った顔をしていた。

その表情のまま、文之介にずんずんと歩み寄ってきた。

「どうやら役者の真之丞のときと同じ女と思えるが……」

「まちがいなく同じですよ」

文之介は断言した。

「真之丞という役者と砂吉、二人は同じ殺され方をしました。それが偶然であるはずがありません」

「ちょっと待て、文之介」

吾市がとがめる。

「砂吉は――」

文之介は、吾市がいう前に押し殺した口調で言葉を耳に注ぎこんだ。

「砂吉が生きていることを知っているのは、俺たちや臨但先生など、ほんの数人にすぎませぬ。とりあえず、今は死んだことにしておきましょう」

三

首にうずくような痛みを感じて、喜蔵は目覚めた。

布団の上に起きあがる。いつもの壁が目に入った。

どうして首が痛いのか。

理由は、はなからわかっている。

いや、本当は痛くなどないのだ。夢のなかで痛かったにすぎない。

あのとき俺は、と喜蔵は脳裏に光景を描きだした。行儀よく布団に横たわっていた。

二つの影が、鴨居のところに仲よく並び、風もないのにぶらぶらと揺れていた。

両親は、俺を絞め殺してから首をつった。両親はあの世に旅立ったが、俺は生き返り、一人この世に残された。

一緒に死んだほうがよかったのか。死んでいれば、殺し屋になることはなかっただろう。

しかし、あのとき天は俺に生きるように命じたのだ。

だから、殺し屋になったのも天命だろう。なんといっても、殺し屋は天職と思えるほどに合っている。

もし両親が心中などしなかったら、俺は別の人生を歩んでいた。職人にでもなっていたのか。手先は器用だから、きっとそういうことだろう。まじめに仕事に励み、女房をもらい、子をなしていただろうか。

そういう人生が合っているだろうか。

こう見えても、根はけっこうまじめなのだ。今の仕事でも、受けたことは必ずやり遂げてきた。ただの一件を除いて。

喜蔵はゆっくりと立ちあがった。昨夜の疲れが少しある。

伸びをする。うーん、と声をだしたら実に爽快《そうかい》だった。

目がなんとなく部屋の鴨居に行った。

どうして両親は心中したのか。

もうわかっている。理由は一つにすぎない。金に窮したからだ。

あのとき俺は三歳だった。三つ子の魂百まで、という。この言葉は、幼い頃の性格は一生そのままだということをあらわしているらしいが、俺はずっとちがう意味だと解釈していた。

小さい頃目の当たりにしたことや経験したことは死ぬまで魂に刻みこまれている、という意味に取っていた。

だが、これだって、決してまちがってはいないだろう。なにしろ、心中した両親の姿は今でも心に彫りこまれたようにはっきりと覚えているのだから。

その後、俺は大坂に連れていかれた。連れていったのは、両親が懇意《こんい》にし、おそらく自分もよく診てもらっていたはずの医者の親戚筋に当たる夫婦だった。

ずっと子のできなかった夫婦だが、商売のことで上方に行くことになり、孤児となった俺を引き取ってくれたのだ。

この二人は俺に実によくしてくれた。心の底からかわいがってくれた。実の子より愛情を注いでくれたのではないか。

あのとき俺は幸せだった。ぶらぶら揺れていた二つの死骸のことは、ほとんど毎日思いだしていたが、育ての親を本当の親と思って接していた。

だが、その幸せは長続きしなかった。二人が、はやり病であっけなく逝ってしまったのだ。大坂で一緒に暮らしはじめて、まだ四年目のことだった。

俺もはやり病にかかり、床に臥した。だが医者の治療が功を奏したようで、ほどなく本復した。

育ての親の二人の死は、医者が俺に伝えた。

二人の死自体、悲しくてならなかったが、またも一人取り残されたことがひどくつらかった。

どうせなら連れていってくれればよかったのに。

二人をうらんだりもした。

もし二人があのとき死ななかったら、俺は殺し屋になっていなかっただろうか。なっていなかったにちがいない。やはり別の人生があったはずだ。

平凡だが、堅実。

殺し屋としての暮らしなど知るよしもなかっただろうから、それでなんの不満もなかったにちがいない。

不満が出るのは、ほかの道を知っているときだ。

育ての親がこの世からいなくなり、俺は自分一人で生きざるを得なくなった。

なにも知らない七つの子が生きてゆくにはどうすればいいか。

悪さをするしかなかった。盗み、かっぱらい、ひったくりなど思いついたものはなんでもやった。

気づくと、まわりには同じ悪さをする仲間しかいなかった。

はじめて人を殺したのは、十五のときだった。ひったくりの縄張のことでもめ、刺し殺したのだ。同じくらいの歳の男だった。

匕首で体を深く刺し貫き、息の根をとめたときの快感は今でも忘れられない。

正直、やみつきになった。意味もなく猫や犬を殺すということはよくしていたが、そういうのよりはるかに楽しかった。

これだけ楽しいのなら生業《なりわい》にできるのではないか、と直感した。

その直感は正しかった。

俺は、こうして殺し屋を生業として生きている。

結局、この道しかあり得なかったのではないか。

砂吉という名の町奉行所の中間を昨夜、殺した。

日暮れてからもいろいろと嗅《か》ぎまわっていたから、人けのない路地に入ったところを背後から忍び寄り、まず気絶させた。

次に、用意してあった一升徳利の酒すべてを砂吉に浴びせた。それから肩を貸して、道を歩きはじめた。

正体のない男を一人、そういう形で運んでゆくのはこの上なく大儀だった。駕籠《かご》を拾うにしても、砂吉が気を失っているために駕籠から転がり落ちてしまう。

自力で連れてゆくしか手立てがなかった。しかし途中からは舟に乗せることができた。舟は前から用意しておいたものだ。大坂は江戸に劣らない川の町だ。犯罪に役に立つこともあり、舟を操るのを自然と覚えていた。

民代屋までは正直、遠かったが、あの出合茶屋を選んだのはせまい上に、いつも薄暗く、顔を覚えられる危険がほとんどないといっていいからだ。

ほかの出合茶屋も似たようなものかもしれないが、民代屋以上にいい店を知らなかった。それに、民代屋はいつも空き部屋があるのだ。これは大きかった。

往之助にきけばほかの出合茶屋についても教えてくれたかもしれないが、砂吉殺しに関しては、どうしても自分一人で行う必要があった。

砂吉を民代屋に連れこむ前、廃寺も同然の寺で一人着替えをし、顔に化粧《けしょう》も施した。

誰がどう見ても、女にしか見えないことを確信してから、砂吉を連れて民代屋に向かった。

酒のにおいをぷんぷんさせている砂吉と部屋にもぐりこむのは、造作もなかった。

部屋でだらだらとすごし、出合茶屋のなかが落ち着く刻限を待って、砂吉を鴨居につるした。それから、誰にも見とがめられることなく民代屋を抜け出た。

砂吉を殺したのは、ここしばらくしつこく追ってきていたからだ。

ほかに理由などない。

もし同じように俺を追ってきた者がいたら、それも殺す。

それが町方役人だろうとなんだろうと関係ない。

身に危険を及ぼしそうな者は、とことんこの世から取り除く。

それこそが俺の生きる道だ。

四

吾市が、砂吉は自死を企てるような男ではない、と断言したから、文之介はそれを素直に信じている。

文之介から見ても、砂吉は自死を選ぶような男には見えない。それに、やはり役者の真之丞の死と同じ状況というのが、最も気に入らなかった。

「勇七はどう思う」

答えはわかっていたが、文之介はあえてきいた。

「砂吉さんは、殺されかけたんだと思っていますよ」

勇七からは、期待した通りの答えが返ってきた。

「砂吉さんは気弱げなところが見えたりしますけど、芯《しん》はとても強い。でなければ、鹿戸の旦那の中間を長いこと、つとめることなどできないでしょう」

勇七が言葉をすぐに継ぐ。

「旦那、誤解しないでくださいよ。あっしがいいたいのは、鹿戸の旦那の下で働くのがたいへんということではなく、鹿戸の旦那になにをいわれようと、いつもにこにこと笑って働くことのできる芯の強さをいっているんですから」

「わかっているさ、勇七。案ずるな」

文之介は勇七の肩を叩いた。筋骨の強さを思わせる、弾むような肉の力が感じられた。

そういえば、鹿戸さんもよく砂吉の肩を叩いていたなあ。

それも思い切りだった。痛くないはずがなかったが、砂吉はいつも笑みを絶やさなかった。

あれなど、勇七のいう通り、芯の強さがなければできないことだろう。強く叩かれて、まったく顔をしかめないというのは、よほどのことだ。

鴨居につるされて、なお息絶えなかったのは、柔で鍛えていたおかげということもあるが、芯の強さというのもまた大きかったのではないだろうか。

「それで旦那、まずはどこに行きますかい」

勇七がたずねてきた。

「そうさな、鹿戸さんとの打ち合わせ通りにするとなると、砂吉の友垣のところだな」

吾市は砂吉の友垣のことはまったく知らなかったから、文之介たちはまず砂吉の母親のおこんに会って話をきく必要があった。母親なら、まったく知らないということはまずあるまい。

吾市のほうは、真之丞の死に関することをもう一度じっくりと調べることになっている。それが砂吉への凶行につながってくるのは、はっきりしている。

砂吉は、真之丞殺しの下手人に肉迫したにちがいないのだ。だから口封じをされた。いや、されかけた。

文之介と勇七がすべきことは、砂吉の友垣だけでなく、知り合いにも話をきくことだった。砂吉に好きな女がいたのなら、その女にも会わなければならない。

砂吉の友垣や知り合い、女に話をきいたところで、砂吉の事件とはなにも結びつかないかもしれない。

しかし、一見、事件とはなんの関係もなさそうに見えるところから真相につながってゆくというのは、文之介はこれまで何度か経験している。

だから、その手の探索は決しておろそかにできなかった。

今、おこんはどこにいるか。

文之介と勇七は、医者の臨但の診療所に向かった。

おこんから必要な話はきけた。

砂吉は、今朝と変わりなかった。ひたすらこんこんと眠り続けていた。一つとてもうれしかったのは、呼吸が朝よりずっと力強いものになっていたことだ。

ここ一両日が山だろうと臨但はいったが、あれなら、きっともう心配いらないのではないか。

臨但もおこんに、山を越すのはさほどむずかしいことはあるまいよ、といっていたくらいなのだ。その言葉をきいて、おこんはさめざめと泣いた。その情景を目の当たりにして、子に対する母親の深い愛情を文之介はあらためて知ったのだった。

文之介は勇七とともに、おこんが教えてくれた友垣を一人、一人訪ねてまわった。そんなに数は多くなかったから、昼の八つすぎにはすべて当たり終えた。

砂吉が今どういう状況になっているのか、つまびらかにはできなかったが、最近の砂吉の様子におかしなところがなかったか、砂吉にうらみを抱いている者がいないか、砂吉につきまとっているような者はいなかったか、砂吉に諍《いさか》い、もめごと、いざこざなどがなかったか、などをきいていった。

当然のことながら、誰もが砂吉になにかあったのかとききてきた。それに対して答えることはできず、言葉を濁すしかないのが、申しわけなかった。

一つはっきりしたのは、砂吉をうらみに思っているような者は、一人もいないことだった。

砂吉の人のよさは、図抜けていた。

下手人に結びつくような有益な手がかりを得ることはできなかったが、それがわかっただけでも、文之介はうれしかった。そういう者と一緒の職場で働けている。そのことが誇りに思えた。

友垣のあとは、知り合いといえる者たちだった。だが、こちらも手がかりになりそうなことは、つかめなかった。

最後に、砂吉の命を救ったといえる柔の道場を訪ねた。もう少しはやく訪れたかったが、門人がそろうのが夕方近くになってからというのがわかっていたので、後まわしにしたのである。

体ががっちりとし、いかにも侍然《ぜん》とした師範代《しはんだい》によると、砂吉はおとといの夜、仕事を終えてから道場に一人でやってきたという。稽古《けいこ》で頭を冷やしたいから、といっていたとのことだ。

砂吉は師範代と激しい立ち技の稽古をこなしたあと、いつものように絞め技を決めてくれることを望んできた。

砂吉が稽古の終わりにいつも師範代に絞め技を頼んでくるのは、もし捕物の際に下手人に絞め殺されそうになったとき、鍛えてさえいればたやすくたばるようなことにはならないからという理由だった。

結局、今回はそのことが役に立ったといえるのだから、砂吉は賢明だったのだ。

砂吉は運が強くもあるな、と文之介は思った。運の強さというのは、多分、人にやさしく接しているからだろう。

天上に住む者は地上で暮らすすべての人間に眼差《まなざ》しを向けており、その生きざまをじっと観察しているのではないかと文之介は思っている。

だから人というのは、裏表があってはならないのだと、かたく信じている。人が見ていないところで善行を積む。それがひじょうに大事なのではないか。

「稽古をしている際、砂吉になにか変わったところは」

文之介は師範代に問うた。

「いえ、別に。いつもの砂吉でしたよ」

師範代がじっと見つめてきた。

「砂吉になにかあったんですか」

この言葉は、これまで話をきいてきた人がほとんど発してきた。

「いえ、なにも」

文之介が偽りを口にしなければならないのも、同じだった。

さようですか、といったものの、師範代は納得してはいない。

「師範代」

横に控えていた若い門人の一人が、不意に呼んだ。

「変わったところが砂吉さんにあったじゃないですか」

なんだってというような表情で師範代が一瞬、考えこむ。

「ああ、女のことか」

「そうですよ。師範代の絞め技を食らっているとき、あの女、あの女、とぶつぶつつぶやいていたじゃないですか」

目を転じて、師範代が文之介を見つめてきた。

「ええ、その通りなんですよ。それがしに絞められている最中、砂吉はあの女、あの女としきりにいっていました」

「女ですか」

「絞め技で砂吉を落としたあと、活を入れて息を戻させました。そのとき、気になる女ができたのか、とききましたが、砂吉は苦笑いしつつ、そんなんじゃありませんよ、と打ち消しましたね」

「そうですか」

文之介は相づちを打った。背後で勇七は黙ってきいている。

「砂吉は、いったいどこで会ったのかなあ、と道場を出る際に口にしていましたよ。必死に思いだそうとしていましたね」

女というと、真之丞を心中に見せかけて殺し、出合茶屋の浮草屋から逃げだした女のことにちがいない。民代屋に砂吉と一緒に来た女といってもいい。

どこで会ったのかなあ、といっているということは、砂吉は一度、その女と会っていることにほかならない。

道場でこの師範代に絞め技をしてもらったのは、その強烈さから脳味噌に衝撃が走り、思いだせるのではないか、と踏んだからではないか。

残念ながらその思いはうつつにならなかったが、きっとそのあとに脳裏によみがえったものがあったにちがいない。

どこで会ったのか、思いだした砂吉は女のところに向かい、返り討ちに遭ってしまったのではないか。

吾市によると、酒は好きだが、あまり強くはなく、砂吉はほとんど飲めないといっていいそうだ。酔っ払うほど飲むことは、これまで滅多になかったという。

その砂吉が酔っ払って出合茶屋にやってきたこと自体、すでにおかしいのだ。あれは気を失わされたあと、無理に飲まされたか、酒をかけられたか、したのだろう。

女と会った場所を砂吉が思いだしたのは、いつのことか。

おとといの夜では、きっとない。おそらく昨日のことではないか。

もしおとといい思いだしていたら、砂吉はおとといの夜、出合茶屋で絞め殺されかけていたにちがいない。

そんな気がしてならないが、どうだろうか。ちがうだろうか。

今は探索を進めることが、勇七とともにできる唯一のことだった。

五

吾市は、真之丞の周辺をあらためて探りはじめた。

真之丞は自死なんかじゃありません。砂吉の言を信じてやれなかったことに、申しわけなさで一杯だ。

信じていれば、砂吉は鴨居につるされるようなことには、まずならなかった。

俺が一緒に探索してやってさえいれば、ちがう結果になっていた。

いったい誰が砂吉を殺そうとしたのか。

考えるまでもない。真之丞殺しの下手人だ。

文之介がいっていたが、砂吉は下手人のすぐそばまで迫ったのだ。

そのために砂吉は口封じされかけたのだ。

許さねえぞ。俺の大事な中間を殺そうとしやがって。

ふつふつと煮えたぎり、めらめらと燃えたぎっている。この怒りが静まることは決してない。

怒りの炎はときがたつにつれ、むしろ大きなものになっている。煮えたぎる思いはより深くなっている。

もしこの怒りが静まるときがあるとするなら、それは下手人をこの手で引っ捕らえたときだろう。

吾市は、そのときの光景を脳裏に思い描いた。

砂吉の仇を討つことができた。これ以上ない充足した思いがあった。

この気持ちよさを、きっとうつつのものにしてやる。

かたく決意して、吾市は一人、動きまわった。

砂吉の跡をたどっていけば、自然に下手人に行き当たるはずとの思いがあった。

真之丞は殺されたと確信していた砂吉が、どういう探索の手立てを取っていたか、吾市は砂吉になった気で考えてみた。

まず真之丞が属していた芝居の座に当たってみた。

やはりここに砂吉は来ていた。しかも真之丞についてなにか思いだしたことはないか、と三度も訪ねてきていた。

たいしたものだ、と吾市は心から感心した。あいつは本当に強い男だな。

そんな男を中間にできていることが、誇りに感じられた。

座ではなにも得るものはなかったが、出合茶屋の浮草屋では収穫が一つあった。

真之丞の事件のことを、ききに来た者があったのだ。

店の奉公人に、金を包んでいろいろときいていった。

小柄で赤ら顔。とりあえず男についてはそれくらいのことしかわからなかったが、砂吉も浮草屋の者からそのことを知ったにすぎない。それからさらに調べを進め、下手人の間近にたどりつくに至ったのだ。

俺も砂吉を見習わなければならねえな。

砂吉を手本とするなど、これまで一度たりとも考えたことはなかった。

しかし、それをあらためなければならないほど、砂吉の探索には粘り強さがあった。執念が感じられた。

それは、これまでの自分になかったものではないか。

考えてみれば、と吾市は思った。丈右衛門さんはひらめきで次々に事件を解決していったように見えたが、実はそうではない。一人、じっと考えこんでいる姿をよく目にしたものだ。

じっくりと深く考えることで、不要なものを一つ一つ取り除いてゆく。漉《こ》されて最後に残ったものこそが、事件の手がかりにじかに結びつく着想だったのではないか。

粘り強さなど丈右衛門には無縁にしか思えなかったが、今思い起こせば決してそうではないのだ。

あの人、きっと番所内で一番粘り強く、執念深かったにちがいねえ。

となると、文之介もそうなのか。

このところずいぶんと成長し、立て続けに事件を解決に導いているが、あれは父親譲りの粘り強さがあるからか。

見習いとして番所に来たときは、砂吉と同じで、ずいぶんふわふわした男に見えたものだ。

実際に、浮薄《ふはく》さを感じさせる男だった。丈右衛門とは似ても似つかぬ男でしかなかった。

もっとも、文之介は文之介で、苦しかったのだろう。偉大な父とくらべられるなど、誰だっていやだ。

花形といわれる定町廻り同心になってからも文之介の軽々しさ、軽薄さはまったく変わらなかったが、あれはあれで丈右衛門と別の色をだそうと必死になっていたのかもしれない。

それがいつからか変わってきた。力みが明らかに消えてきたのだ。丈右衛門に張り合うとの思いが失《う》せたのではないか。

丈右衛門を思わせるものが、文之介のなかに確かに備わってきていた。定町廻り同心を拝命していくつかの事件を解決したことで、自信がついたこともあるのだろう。

俺も成長しなきゃいけねえ。前にも思ったが、文之介に追い越されるようなことになったら、切腹ものだからな。

しかし砂吉も、どうして真之丞のことをききに来た男のことを俺に話さなかったのか。俺に話せない雰囲気があったということか。やはり俺が砂吉の言を信じてやれなかったからか。

いや、あいつは俺のことを信頼していなかったのではないか。

もしそうなら、こんなに悲しいことはなかった。

自分の中間に信用されず頼りにされない同心というのは、いったいなんなんだろう。生きている価値などまったくないではないか。

だからといって、自死など考えることはない。

死んじまったら、誰が砂吉の無念を晴らすってんだ。

吾市は浮草屋の者に紙を持ってこさせた。常にたずさえている矢立を取りだす。

赤ら顔の男の人相書を、描きはじめた。

人相書を描くのは初めての経験だが、もともと絵は得意だ。いいものが描けるのではないか、と以前から思っていた。それに、人相書の達者を奉行所に呼びに行くのは、ときがもったいなかった。

男の特徴をたずねながら、すらすらと筆は動いた。自分でも意外なほどになめらかだった。

三枚を反故《ほご》にしたが、四枚目でいいものが描けたという確信を抱くことができた。それだけの手応《てごた》えがあった。

「似ているか」

浮草屋の者にただす。

「似ていると思います」

番頭の蕗造と二人の女中が声をそろえた。

「ありがとよ」

吾市は心から礼をいって、浮草屋をあとにした。

道に出てから、あらためて今描いたばかりの人相書を取りだした。浮草屋は暗かった。もっと明るいところで見たかった。

目は細い。唇も薄い。男が持つ狡猾《こうかつ》さが見えている。耳が風を受ける凧《たこ》のように横に広がっている。

観相はほとんど知らないが、この手の耳には、さまざまな噂《うわさ》や出来事などがすばやく入ってくるのではないか。

とにかく、と吾市は思った。この男を探しだす。

このことが砂吉の仇を討つための第一歩だろう。

六

ぱちりと小気味いい音をさせて、銀が右に動いた。

そこにくるか。

亀山富士兵衛《かめやまふじべえ》は心中でうなり声をあげた。

おたまが銀を動かしてくるのは、むろん想定していた。だが、左に行くか、まっすぐ進むか、それだけを考えていた。

右に行くなど、最も凡手のはず。

富士兵衛はじっと見た。

あっ。

口が動いた。

なるほど、そういうことか。桂馬《けいま》が三度、動くとここに到達する。桂馬の高飛び歩《ふ》の餌食《えじき》ということわざがあるように、まさかそんなずぶの素人のような手を指してくるとは思わなかった。

実際のところ、富士兵衛は素人にすぎないが、かなりの指し手であると自負している。相手のおたまも相当の力量だ。

さて、桂馬が三度動くと、どうなるか。

まちがいなく防御の一角が崩れる。

だが、まだ遅くはない。この銀をなんとかすれば、堅固な防御を破られることはまずない。

富士兵衛はどうすればよいか、長考した。

やはり金《きん》を動かし、銀の動きをとめてしまえばよい。その次は、飛車《ひしゃ》を飛ばし、やや浮いた感のある歩をいただく。それから飛車を横に動かせば、桂馬が飛んできても十分応じられるだろう。

実際に、富士兵衛の考える通りに駒《こま》たちは動いていった。

だが思いもよらなかったのは、動かした飛車のあとに、おたまの角《かく》が二度動いて飛びこんできたことだ。

おたまの狙いははなからこれだった。すべては飛車のいた位置に角を持ってくることだった。こんな手に気づかないとはどうかしている。

むろん、この一手で防御がいきなり崩されるようなことはなかったが、小さな穴があいたのは紛《まぎ》れもなかった。

それからは防戦一方になった。おたまは、たたみかけるときは容赦のない攻撃を浴びせてくる。そのさまは、女が将棋を指しているとはとても思えなかった。

玉《ぎょく》は逃げまわったが、結局、頭に金を打たれ、万事休すとなった。

「完敗だな」

富士兵衛はおたまを見て、鬢《びん》を軽くかいた。

飛車が誘いだされたことにより、富士兵衛の負けは決まったのだ。

「やられたよ」

「では」

おたまが手のひらを差しだしてきた。

「仕方あるまい」

富士兵衛は懐を探り、巾着《きんちゃく》を取りだした。そこから小判をつかみ、そっとおたまに手渡した。

「ありがとうございます」

おたまが頭を下げる。

「そんな真似をする必要はない。一両は約束だからな」

「でも、きれいに払っていただけるのはとてもうれしいですから、感謝するのは当然のことですわ」

富士兵衛はうなずいた。背中が痛くなってきた。疲れを覚えている。

「寝床に戻られますか」

おたまがすばやくうしろにまわり、支えてくれる。富士兵衛の背後に布団は敷いてある。おたまの力添えで、さほどの苦労もなく横たわることができた。

「ありがとう」

「お礼など、おっしゃることはありませんわ」

「しかし、おぬしがいなければわしはなにもできぬ。感謝するのは当然のことよ」

「さようですか。そうおっしゃっていただけると、とてもうれしい。亀山さま、ありがとうございます」

「亀山さまなど、堅苦しい。前から申しているように、富士兵衛さまと呼べ。わしはもう隠居よ」

この屋敷に富士兵衛は一人住まいだった。大坂から江戸に帰ってきてはや五年。本宅はせがれに譲った。せがれが亀山家二千五百石を継いでいる。

もっとも、せがれは実子ではない。婿養子《むこ》だ。

一人娘に婿を迎えたのである。なかなか出来のよいせがれではあるが、隠居がいたのでは当主として采配《さいはい》を振るいにくかろうということで、富士兵衛は隠宅を建て、一人で住みはじめたのである。

悠々自適の暮らしだった。自由で楽しくてならなかった。しかし体の不調を徐々に感じはじめてもいた。

おたまがそんな富士兵衛のもとに転がりこんできたのは、およそ一年前のことだ。

富士兵衛が大坂町奉行をつとめていたときからの知り合いだった。

おたまは、大坂の米相場に関わりのあるやくざ者の谷三郎の情婦だった。

どうして江戸にやってきたのか、富士兵衛は事情をきいた。そのときには、すでに谷三郎から、もしおたまがあらわれたら必ずつかまえておいてほしい、という知らせが届いていた。

だからとらえておくのはたやすかったが、窮鳥《きゅうちょう》懐に入《い》れば猟師も殺さず、ということわざもある。

だから、まず事情をきいたのだ。

おたまは、出来心《できごころ》で谷三郎の金庫から三百両を盗んで逃げてきたことを語った。

いくら出来心とはいえ、どうしてそんなことをしたんだ、とたずねたところ、役者買いが高じてどうしようもなかったんです、とおたまは答えた。

どうかこちらにかくまってください、と懇願してきた。さてどうするか、とは富士兵衛は迷わなかった。

もともと、大坂町奉行時代からおたまのことをいい女だと見ていたこともある。いつか谷三郎の目を盗んで、ものにしたいと願ったこともある。

その思いは谷三郎には知られていない。それを富士兵衛は確信している。

おたまには離れを与え、そこで暮らすようにいった。もともと、大坂町奉行時代に米相場に絡んだ汚い金を貯めこんで建てた別宅である。

おたまのような美人に住んでもらえれば、離れもきっと喜ぶのではないか。

「ただし、当分はじっと息をひそめているんだぞ」

富士兵衛はきつく忠告した。ほとんど命令だった。

「谷三郎の執念深さは、おぬしもよく知っているはずだ。かくまったのが知れたら、わしとてどうなるものか」

谷三郎は、自分を裏切った者を許しはしない。おたまの場合には、特に容赦がないのではないか。

殺しをもっぱらにする者を、江戸に送りこんでくるにちがいなかった。谷三郎はその手の持ち駒に事欠かない。

そのことも嚙んで含めるようにいうと、おたまは、素直に、はいと答えた。

そして、本当に隠者のような暮らしをはじめたのである。富士兵衛とどちらが隠居なのか、わからないほどだった。

だが、そういう暮らしが続いたのも、ほんの十ヶ月ばかりのことにすぎなかった。

富士兵衛の体も、おたまがあらわれるとほぼ同時に急速に衰えていった。病身で、もはや先は長くない。

おたまは富士兵衛の世話をしてくれている。そんな暮らしのなかで、自然に体のつながりもできた。

もっとも、すでに富士兵衛の一物は役に立たなかった。おたまが無理に、ほとに押しこむようにしたのである。

しかしそれだけで、富士兵衛は果てた。うれしさもあったが、情けなさのほうが先に立った。

まだ五十二というのに、七十をとうにすぎたような心持ちだった。

それから以後、おたまは富士兵衛の気持ちを察したか、寝床に入ってくるようなことはなくなった。

「食事をこしらえてまいります」

おたまが立ちあがりかけた。その手を富士兵衛はつかんだ。

「大丈夫にございますか」

おたまがしなをつくる。富士兵衛は微笑した。

「勘ちがいするでない。わしにそのような力がもはやないことは、そなたもわかっているであろうに」

おたまが座り直し、控えめなうなずきを見せた。

「そなた、いったいなにを考えている」

「えっ」

なにをいっているのかわからない、というような顔をおたまがする。

「とぼけずともよい。なにか企《たくら》んでいるであろう」

「企むなど、そんなことはしておりません」

「金か。金ならわしがあげよう。どうせこの先短い身だ」

「お金などいりません。私は、富士兵衛さまとこのままずっといられれば、いいのです」

相変わらず嘘があまりうまくないな、と富士兵衛は思った。しかしこのあたりがこの女のかわいさでもある。聡明《そうめい》なのに、ときおり信じられないような愚鈍さが垣間見《かいまみ》えることがある。

将棋ではほとんど危ない手は指さないのに、日常の暮らしとなると、なにも見えなくなってしまうことがあるようだ。

「おたま、危ういことはよせ。命取りになるぞ」

しかしおたまは、小さくかぶりを振った。

「私はなにもしていませんから、大丈夫ですよ」

「しかし――」

「富士兵衛さま、食事をつくってまいりますね」

おたまが再び立ちあがる。

それをとめる気力は富士兵衛には、もはやなかった。

第三章　置き去り隠居

一

出仕した途端、刃物で心の臓を一突きにされた死骸が見つかったとの報を受け、文之介と勇七は南町奉行所をあとにした。

案内するのは深川久永町《ひさながちょう》の自身番からやってきた小者だ。久永町二丁目で死骸は見つかったのである。

深川久永町から、数寄屋橋御門内にある南町奉行所までかなりある。走っても半刻は優にかかる。

奉行所に着いたとき小者の息は荒く、着物は水浴びでもしたかのようにぐっしょりとなっていた。

着替えをさせたかったが、すぐに来てほしいとの要請があるとのことだった。それに深川久永町に戻るのなら、どうせまた思い切り汗をかくことになろう。それは、文之介たちも同じことだった。

文之介は足を運びつつ、どういう死骸なのか、小者の背に声をかけた。

小者は振り向いたが、息も絶え絶えになっていた。

「いや、やめておこう。着いてからきくことにする」

「いえ、お気遣いなく。あっしは大丈夫ですから」

文之介は本当に平気なのか、小者に確かめた。

「着いたら、いきなりぶっ倒れるなんてこと、ねえだろうな」

「本当にへっちゃらです。走るのは小さい頃から得手ですから。だからあっしが使いに選ばれたんですよ」

確かに駆けているうちに、小者の息は逆に穏やかなものになっていた。足の動きも軽やかだ。

これまで一度も見たことはないが、山野を駆ける鹿《しか》というのはこういう感じなのではないか、とすら文之介は思った。

走りが得意な勇七も、背後で舌を巻いたという顔をしている。

小者が文之介に話しだす。

「刃物で心の臓を一突きというのはお話しした通りなんですが、仏さんはまだ若いお方ですよ。もしかしたら三十近いかもしれませんが、体つきは小柄で、ずいぶんと赤い顔をしています」

赤い顔。赤ら顔ということなのか。

「赤い顔というのは、血が集まって顔が赤らんでいるのか」

「あっしにはよくわかりません。すみません」

「謝ることなどないぜ」

文之介は振り返って勇七を見た。勇七がうなずく。さっき文之介は赤ら顔の男のことを話したばかりだ。

赤ら顔の男のことを文之介に教えたのは吾市だった。

昨日、大門のところで勇七とわかれた文之介が同心詰所に入り、報告書をしたためているとき、吾市がようやく帰ってきた。文之介は柔の道場での砂吉の話をした。

そうしたら、吾市も自分の収穫の話をしたのだ。

出合茶屋の浮草屋に真之丞のことについてききに来た男がおり、その男が赤ら顔だったと吾市はいっていたのだ。

驚いたことに、吾市はその男の人相書を自ら描いていた。

目は細く、唇は薄い。小さな耳は横に広がっている。昨日、文之介は写しを一枚、もらった。

その人相を文之介は、久永町へと案内してくれている自身番の小者に告げた。

小者が驚いたように振り向く。

「どうしてご存じなんですか」

たずねた文之介のほうがびっくりした。そうではないかと思ってはいたものの、ずばりいい当てることになろうとは思っていなかった。

ほとんどへとへとになって、文之介は深川久永町二丁目までやってきた。

潮の香りがしているが、あまりに疲れすぎて、嗅いでいる余裕などなかった。今は、大気をできるだけ胸のなかにおくりこみたかった。低く射しこんでいる朝日がやけにまぶしく感じられ、とても東の方角を見ていられなかった。

小者は足をゆるめたが、おびただしい人が行きかうなか、すたすたと足取り軽く歩いてゆく。文之介は必死についていった。

「大丈夫ですかい」

うしろから勇七が小声で案じてくれる。

「へっちゃらだ」

肩を揺らして、文之介は強がった。

「定廻り同心がこの程度でへたばっていられるか」

「それならいいんですけど、旦那、顔色が悪いですよ」

「悪くねえよ。いつも、こんなに青い顔なんだ」

「今は青くはないですよ。どす黒いっていったほうがいいような気がしますね」

「どす黒いだって」

文之介はさすがにどきりとした。

「なにかの病気じゃねえだろうな」

「肝の臓が悪いとそんな顔色になるってきいたこと、ありますよ」

「酒の飲みすぎかな」

ふふ、と勇七が笑った。

「冗談ですよ。旦那の顔色はいつものように、やや白みがかった肌色ですから。健やかそのものですよ」

「なんだ、冗談かよ。脅かしやがって」

「でも旦那、体には本当に気をつけてくださいよ。どの生業もそうなんでしょうけど、体こそがすべての元手なんですから」

「わかっているよ」

文之介が答えたとき、こちらです、と小者がいって、一本の塀《へい》に囲まれたせまい路地を指し示した。

路地につながる広い通り沿いには、煮売り酒屋とも呼べないような飲み屋が横に長い長屋のなかに入る形で、軒を並べている。そこを出た者が立ち小便をするのには、格好の場所のように感じられた。

路地に入りこんでみると、実際に小便のにおいが色濃く染みついているのが、はっきりとわかった。

二軒の商家の裏塀が向き合っているために陽射《ひざ》しが入りこみにくく、じき朝の五つ半という頃合いなのに、夕方のような薄暗さが霧のように漂っていた。

あまり長居したいと思えるような場所ではない。夜ともなると一気に生色を取り戻し、生き生きしてくるのかもしれなかった。

ひどくせまい路地ということもあるのか、野次馬《やじうま》はほとんどいない。久永町の自身番から出てきた屈強な若者二人が、誰も入れないように目を光らせていた。

「通してくれ」

小者がいうと、二人は文之介たちにお疲れ様です、と挨拶してきた。ご苦労だな、と返して文之介は前に進んだ。

筵の盛りあがりが、二間ほど先にあった。

「お疲れさまです」

五人の町役人が来ており、死骸のそばに立っていた。

すでに検死医師の紹徳が小者と一緒に来ており、検死をはじめていた。

こいつは、と文之介は目をみはった。ずいぶんと来るのがはやい。久永町の自身番の者の手まわしは、よすぎるくらいだ。

「ご苦労さまです」

文之介は紹徳の背中に声をかけた。

死骸に筵を静かにかけて、紹徳がゆっくりと立ちあがる。腰が痛いのか、拳でとんとんと叩いた。

「これは御牧さま」

ていねいに挨拶してきた。文之介と勇七も深々と頭を下げた。

「いつもは遅れてやってくる手前がこんなにはやいのは、昨晩、この近くに往診でまいりましてね、朝まで患者宅で手当をしていたんです。朝になってようやく手当が終わって帰ろうとしたとき、こちらでなにやら騒ぎがあったものですから、なんだろうと持ち前の野次馬根性を発揮いたしまして、のぞきこんだわけです」

そうしたら死骸が一つ、横たわっていたという。

「それでどういう者であるか、手前は名乗り、検死をさせていただいたというわけです。検死はできるだけはやいほうが、よろしいですからね」

「本当に助かりましたよ」

町役人の一人が口をはさむ。

「そうだろうな」

相づちを打っておいてから、文之介は紹徳を見つめた。

「なにがこの仏を死に至らせたのですか」

「もうおききになったかもしれませんが、匕首のような鋭利な刃物が凶器です。背中から突き刺していますよ。あやまたず、心臓を一突きです」

文之介の顔に口を近づけ、紹徳が声をひそめた。

「こんなことをいってはいけないのでしょうが、まことに見事な一突きです。この仏さん、痛みなど一切感じなかったのではないでしょうか」

「そんなにすごいのですか」

「ええ、手慣れている感じですね。もしかすると……」

紹徳が言葉を切り、あとを文之介にまかせてきた。

「殺しをもっぱらにする者の仕業ということですか」

紹徳がかすかな笑みを浮かべる。すぐに表情を引き締めた。

「手前にはなんともいえません。でも、そういうふうに考えたほうが自然なのではないか、という気がしてなりません」

殺し屋に殺されたか、と文之介は筵のかかった死骸を見おろして思った。

「殺されたのは、何刻頃ですか」

「そうですね、昨夜の五つから深更の八つまでのあいだといったところでしょう。しぼれば五つ半から九つまで、くらいではないでしょうか」

五つ半から九つなら、一刻半のあいだでしかない。

「わかりました。ありがとうございます。紹徳先生、ほかになにか気づいたことはありますか」

「殴られたり、蹴られたりした跡はありません。ただ、着物の前がまだ濡れています。立ち小便しているときにうしろから殺《や》られたと考えるのが自然かもしれません」

文之介は、失礼します、と紹徳に断って筵をはいだ。死骸の顔が眼前にあらわれた。目は閉じている。まるで今から葬儀に臨むような穏やかさが、その表情にはある。痛みを感じなかったというのは、本当なのだろう。痛かったのなら、かっと目を見ひらいているはずだ。

目は、まさか下手人が閉じていったわけじゃあるまいな。

文之介は死骸の男に心で語りかけたが、答えが返ってくるはずもなかった。ひたすら死骸の顔を見つめ続けた。

似ている。そっくりだ。

文之介は素直に感嘆した。吾市の描いた人相書はすばらしい出来だった。これなら、もし仮にここで死んでいなくても、この男を探しだすのは、さほどむずかしくはなかったのではないか。

「この仏は赤ら顔のようですが、これは刺された衝撃かなにかで血が顔に集まっているのでしょうか」

「いや、刺された衝撃というわけではないでしょうね」

紹徳が少し考えこむ。

「赤ら顔は血脈の流れがよくなくて、血が滞ることであらわれるときいたことがあります。この仏さんもおそらく生まれつきなのではないでしょうか」

なるほど、と文之介はいった。紹徳が文之介を見つめる。

「ほかに気づいた点はありません。なんの芸もなくて、申しわけない」

「とんでもない」

文之介は紹徳を気遣った。

「徹夜明けとのことでしたね。さぞお疲れでしょう。それなのにていねいに検死をしてくださって、感謝の言葉もありません」

「ありがとうございます。では、手前はこれで引きあげさせていただきます。報告書はすぐにだします」

紹徳は小者を連れて、帰路についた。文之介と勇七は後ろ姿を見送った。

旦那、と勇七がいった。

「背中から突き刺しているということは、紹徳先生がおっしゃっていたように、立ち小便しているときに殺られたと考えていいんでしょうね」

「まちがいなくな」

文之介は死骸のそばの塀を指さした。

「そこの色がほかと変わっているな。他の者の小便かもしれねえけど、この仏、そこにしていて殺られたのかもな」

文之介はしゃがみこみ、合掌してから死骸の懐に手を入れた。手に触れた物があった。取りだしてみると、財布だった。

中身をあらためる。

「けっこう持ってやがるな」

小判が五枚に、二分金が四枚、一朱銀が十四枚、あとはびた銭だった。全部で八両近くある。

金は奪われていない。金目当ての犯行ではないのだ。

男のなりは町人だ。それでこれだけ持っているということは、かなり裕福な者といっていい。だが、ただの町人にはやはり見えない。

文之介は吾市を呼びたかった。ここまで案内してくれた小者に頼み、また奉行所に走ってもらうことにした。

「すまねえが、鹿戸吾市という定廻り同心を呼んできてくれ。多分、留守にしていると思うんだが、もしかするとつかまるかもしれねえ。頼む」

「鹿戸さまですね。承知いたしました」

小者が走り去るのを見送って、文之介は勇七を呼んだ。

「すまねえが」

「わかってますよ。木挽町にある浮草屋の者を連れてくればいいんですね」

「そうだ。行ってくれるか」

「むろんですよ。あっしは旦那の手足ですからね、望み通りに動きます」

「ありがとう」

「礼なんかいいですって。じゃあ、旦那、すぐに戻ってきますから、待っていてくださいね」

きびすを返した勇七は、あっという間に路地を抜けていった。

おそらく吾市がやってくるまで一刻以上はあるだろう。勇七も似たようなものか。

それまでなにをすべきか。

この男の身元調べだろう。

文之介は五人の町役人を手招いた。

「この男を知っているか」

死骸にかけられた筵をめくってきいた。

「いえ、存じません」

「顔を見たことは」

ありません、と五人が声をそろえた。

「この町の者じゃねえっていうことか」

「まちがいなくそうだと思います」

五人のなかで最も年配の町役人が断言するような口調でいった。

「住んでいたのなら、一度は見かけたと思いますから」

そうだろうな、と文之介は思った。となると、この町にどうして訪れたのか。

この男が殺されたのは、紹徳によると、夜の五つ半から九つまでのあいだではないか、とのことだ。

小便をしているときにうしろから刺殺された。

背後にいたのは、気を許していた者だったのか。

この仏が、真之丞のことを金を包んで浮草屋の者にきいた男であるのは、まずまちがいない。

後ろ暗いことをしていた男であるのも、まちがいないだろう。

そういう男が気を許す者など、果たしているのだろうか。

それとも、ただ背後から忍び寄られただけなのか。

とにかく、と文之介は思った。きっと近くの飲み屋で、昨夜この仏は酒を食らっていたのではあるまいか。

刺した者と一緒だったというのは考えられないだろうか。

殺す必要があり、飲み屋に誘いだしたのか。そうではなく、いさかいでもあって、殺す衝動に駆られたのか。

「それらの飲み屋の者が、どこに住んでいるか、知っているかい」

飲み屋の入っている長屋を指さして、文之介は町役人たちにきいた。

「もちろん知っていますよ」

年配の町役人から、明快な返事が返ってきた。

「その長屋には、全部で五軒の飲み屋が並んでいます。みんな、同じ長屋で暮らしていますよ。店とつながって、一部屋ついているんです」

そういうつくりなのか。

「皆、寝ているか」

「起きていると思います。騒ぎはきこえているはずなので」

なんなら住人をご紹介いたしましょう、というので、文之介はその言葉に甘えることにした。

五軒の店の者がほとんど一緒に暮らしているというのは、ありがたかった。いっぺんに話をきけるというのは、この上ないことだ。

長屋のちょうどまんなかに当たる三軒目の和泉屋《いずみや》という店で、男が飲んでいたのがわかった。文之介が人相書を見せると、ああ、このお方なら昨夜、いらしてましたよ、と店主がいったのだ。

「何人で来ていた」

「一人です」

「連れはなかったのか」

「はい」

文之介は人相書を店主の前にかざした。

「この男の名を知っているか」

「いえ。いらしたのは、昨晩がはじめてだったので」

「なにか話をしたか」

「いえ、そのお客さん、けっこう無口だったのでなにも」

そうか、と文之介はいった。

「でも外をときおりちらちらと見ていましたから、誰かと待ち合わせをしていたのかもしれません」

「待ち合わせの者は来なかったのか」

「はい」

「この男は、酒を飲んでいたか」

「はい、かなり好きみたいでしたね。ここはよそとはちがって本当にいい酒をだしていますから、杯もだいぶ進んでいましたよ」

誇らしげにいった。

「この男が出ていったのは、何刻だ」

「そうですね」

店主が考えこむ。

「五つ半頃だと思います」

その直後、そこの路地で殺されたと考えていいのだろう。

「だいぶ酔っていたのか」

「泥酔とまではいかないですが、かなり」

「金はちゃんと払っていったのか」

「はい、きれいにいただきました」

そうか、と文之介はいった。

「ここには、厠《かわや》はあるのか」

「あることはあるのですけど、ちょっと場所が悪いんです。この長屋をぐるっとまわった裏手なんですよ」

「すると、小便をしたくなると、どうしてもその路地に行くことになるか」

「はい、申しわけないことで」

すまなそうな顔では、まったくなかった。

酒が入り、もよおした者はその路地に行く。

殺された男とこの店で待ち合わせた者は、そのことを知っていたのか。知っていて、男が立ち小便するのを待って背後から近づき、刺したのか。

どうして殺したのか。

人相書の男は、真之丞の死を探っていた。誰が真之丞を殺したのか、知りたかったのかもしれない。

真之丞殺しの下手人を突きとめ、脅し、強請《ゆす》るつもりだった。実際に調べあげ、下手人が誰か、明らかにしたのか。

金を脅し取るために下手人を呼びだし、ここで待ち合わせたのか。

男はかなり裕福だった。それだからといって、金を脅し取らないということにはならない。

むしろ、金を持っている者のほうが欲張りなのはまちがいない。金がなくなる恐怖にきっと耐えきれないからではないか。

文之介は礼をいって和泉屋を出た。しまわれず、いまだに路上に出ている看板に目をとめた。

陽夕庵に引き続き、またも上方に関係しているものがあらわれた。偶然の一致にすぎないのかもしれないが、こういうのをおろそかにしてはならないのは、これまでの経験からよくわかっている。

文之介は和泉屋に戻り、店主に問いを放った。

「おまえさん、上方の者か」

「いえ、ちがいます。店の名ですね。前にこの店をやっていた人が和泉国の出身だったということで、名づけたんですが、変えるのもなんなんで、そのまま使わせてもらっているんですよ」

つまりたまたま上方が重なったということか。

あらためて外に出た。うしろを町役人がついてくる。

死骸はすでに路地になく、自身番に運ばれたようだ。

「お待たせしました」

戻ってきたのは自身番の若者だった。吾市が一緒だ。ひどく息をあえがせている。顔が青かった。

「よくいらしてくれました」

文之介はねぎらった。

「文之介、殺す気か」

吾市が、喉の奥からしぼりだすような声をだした。険しい目は、自身番の若者に当てられている。

「まったくなんてえ足のはやさだ。ついてゆくのに、こんなに難儀させられたことはねえぞ」

「大丈夫ですか」

「当たりめえだ。これでくたばるほどやわじゃねえ。はやくこの男に会わせてくれ」

吾市が人相書をひらひらさせた。

承知しました、といって文之介は深川久永町の自身番に案内した。

死骸は土間に置かれていた。筵がかかっている。

「こいつか」

吾市が筵を無造作にはぎ、死骸の顔をじっと見た。

「似ているな」

「紛れもなく同じ男ですよ」

吾市が顔をあげ、文之介を見つめる。顔色は戻り、瞳には力が宿っていた。呼吸も穏やかなものになっていた。

このあたりは、さすがによく鍛えられている。確かにやわではない。伊達《だて》に定町廻り同心はつとめていないということだ。

「文之介、こいつはどうして深川のこんなはずれにあらわれ、殺されなければならなかったんだ」

自身番のなかということで、吾市がまわりをはばかって小声でいった。

「さあ、わかりません」

「そうだよな」

吾市が鼻の頭の汗を指先で払った。

「深川にはつい最近来たが、ここまでやってきたのは久しぶりだ。半年ぶりばかりになるかな」

「さようでしたか」

「たまに来るのもいいな。——文之介、浮草屋に使いを走らせたのか」

「ええ、勇七に行ってもらいました」

「そうか。最近のおめえらしく、抜かりはねえってとこか」

死骸に筵をかけて、吾市が立ちあがる。軽く腰を押さえた。

「走りすぎて、ちと重てえや。この事件が解決したら、按摩《あんま》にかかるとするか。文之介、一緒にどうだ」

「はい、是非」

吾市が小さく笑う。

「おめえってやつは、餌を恵んでもらった子犬みたいな喜び方をするなあ。それだけ喜んでくれると、こっちもうれしくなるぜ。——文之介、俺はこれで引きあげるが、この男の身元のことなど、徹底して調べてくれ。それから、もうまちがいねえとは思うが、念のために浮草屋の者が確認した結果も教えてくれ。頼んだぞ」

「おまかせください」

文之介は力強く答えた。心のなかでは、胸を拳で思い切り叩いていた。

じゃあな、といって吾市が出ていった。文之介は外に出て、見送った。

吾市の姿が町並みの向こうに消えた。ちょうど入れちがうように勇七が戻ってきた。背後に一人の男を従えている。浮草屋の者だろうが、勇七は気をつかって、ゆっくりと走っているようだ。

「勇七」

文之介は手を振った。勇七が文之介を認め、駆け寄ってきた。

一緒に浮草屋の者もついてきた。さすがに顔は真っ赤で、息があがっている。

「遅くなりました」

勇七が頭を下げる。

「遅くなんかねえよ。でも、よくこっちだってわかったな」

「ききましたから。——こちらは浮草屋さんの番頭の藤造さんです」

「わざわざ足労をかけて、すまねえな」

息が荒い藤造が、恐縮したように深く頭を下げる。

「いえ、そんな。御上《おかみ》の御用の役に立つのは、江戸に暮らす者のつとめですから」

「そういってもらえると、ありがてえ。水を飲むか。汗びっしょりだな」

文之介は藤造を自身番に導いた。町役人に水をもらう。

藤造は湯飲みを一気に三杯も干した。勇七は一杯だけで終わらせた。

「少しは落ち着いたか」

「はい、おかげさまで」

言葉だけでなく、実際に汗も引きはじめていた。

「それなら、さっそく見てもらっていいか」

「もちろんにございます」

文之介はしゃがみこんだ。

「こいつだ。よく見てくれ」

筵を静かにめくる。

蕗造がじっと死骸の顔を見た。大きく顎を引く。

「まちがいございません。手前たちのもとに話をききに来たお方にございます」

「やはりそうだったか」

目の前に横たわり、目を閉じている男は、役者の真之丞の死について調べていた。それがどうして殺される側になったのか、文之介は勇七とともに明かさなければならなかった。

二

いい風が吹いている。潮の香りが濃厚にしていた。

いいな、やはり。

喜蔵は闇のなか、にっこりとした。

これこそが江戸の香りだ。故郷のにおいだ。

これだけ潮の香りが懐かしいというのは、俺はこのあたりに住んでいたのか。

そうなのかもしれないが、もはや調べる手立てはない。

俺を助けてくれた医者の名がわかればまたちがうのだろうが、それもすでにどうしようもなかった。

もうどうでもいいことだ。とにかく俺が今、生まれ故郷で暮らしているという事実こそが大事だろう。

喜蔵は人けのない道を、提灯を灯《とも》すことなく、すばやく歩いた。

目の前にあらわれた高い塀を見あげる。優に一丈はある。

この屋敷のあるじの人柄を映しだしているのか、塀に人を威圧するようなところはないが、こんなにそびえ立つようなものにする必要など、まったくなかったのではないか。

この屋敷が本邸ならわかるが、ここは別邸でしかない。別邸もいいすぎだろう。ただの隠居所だ。

つまりは、金が余りすぎているってことだろうぜ。

大坂町奉行をつとめれば、これだけの屋敷が建てられるというわけだ。米相場に絡んで、汚いことをやりたい放題にやってきたなによりの証だろう。

喜蔵はせまい道幅一杯まで下がり、そこから塀をめがけて走った。

距離は一間ばかりしかない。一気にはやさをあげ、右足で強く地を蹴った。

風を切る、気持ちのよい音が耳をかすめてゆく。

俺は生きている、というのを強く感じる瞬間だ。

思い切り伸びをし、腕を宙に突きあげる。塀を左足でかくように蹴った。体がぐんと浮く。

右手が塀の一番上に届いた。人さし指と中指だ。

これがかかってしまえば、あとはどうとでもなる。

二本の指で塀にぶら下がる格好になったが、左腕で塀の面をなぞるようにつたって徐々に体をあげてゆく。すぐに両腕が塀にかかった。体を持ちあげ、馬に乗るように左足で塀をまたいだ。

すぐさま喜蔵は塀の上に腹ばいになった。人けがないといっても、夜空に影を浮かびあがらせるわけにはいかない。

首だけを動かし、風が吹き渡る庭を眺める。木々が深く、あまり見通しがきかない。虫の声が、地の底から響くようにじんわりときこえてくる。

ここには亀山富士兵衛しか住んでいないから、さして気をつかう必要はない。富士兵衛はもともとかなりの遣い手だったようだが、今は病で衰えている。

好きな将棋も、もうろくに指せなくなっているのではないか。大坂町奉行時代はたいした威勢だったのに、人というのは哀れなものだ。

喜蔵は音もなく庭におりた。立木を縫ってそろそろと進みはじめる。

木々がつくりあげる林の幅は、およそ十間だ。すぐに抜けた。

右手に灯籠《とうろう》が見え、正面にはどす黒い水をたたえた池がある。水音が立ったのは、鯉《こい》がはねたからだろう。

庭にはいかにも高価そうな石がいくつも配置されている。

大坂で使い切れないほど貯めこんだとはいえ、石などに大事な金を注ぎこむことなどなかったのではないか。

まったくもったいねえ。

喜蔵は唾《つば》を吐き捨てたかった。

姿勢を低くし、池を迂回《うかい》して歩いた。

小高い丘があらわれ、その端に離れが建っている。

六畳間と八畳間の二部屋がある、すばらしく広い離れだ。

闇のなかに、ひっそりとその身を休ませているように見える。雨戸は閉まっておらず、腰高障子が見えている。人けは感じられないが、あの建物のなかにおたまがいる。

ゆっくりと足音を立てぬように近づいていった。

濡縁《ぬれえん》にたどりつく。沓脱石《くつぬぎいし》があり、女物の雪駄《せった》が乗っていた。いいのを履《は》いているのが夜目《よめ》にもわかる。

濡縁にあがり、腰高障子の引手に触れる。そっと横に引いた。

半尺ばかりひらいたところでとめ、なかの気配を嗅いでから体を滑りこませた。畳の感触が足の裏に伝わる。みしりと畳が鳴ることはない。そんなへまをしてしまうようなら、殺し屋などやめたほうがいい。

ここは六畳間だ。こちらにはいない。おたまは広いほうをつかっている。

襖に突き当たり、これも静かにあけた。かすかに女のにおいが流れこんできた。上等な布団が敷かれており、枕の上に頭が置かれ、豊かな髪が畳に流れている。規則正しい寝息がきこえる。

おたまだ。

喜蔵は、ごくりと息をのんだ。音をさせたのはまずかったが、おたまが目を覚ます気配はない。寝息は続いている。

喜蔵は、懐に手を差し入れた。かたい物にさわった。匕首だ。

これで今日、往之助を始末した。

喜蔵は敷居を越え、布団に近づいた。枕元にまわる。

おたまの顔がよく見えた。相変わらず美しい。喉にうずきが走った。

喜蔵は、おたまの髪を踏まないように両膝をついた。

おたまをじっと見た。

むっ。

顔をしかめた。おたまがにっと笑ったからだ。

「遅かったね、待ちわびたよ」

「すまねえ」

おたまががばっと起きあがった。

「あんた、会いたかったよ」

おたまが抱きついてきた。喜蔵は抱き締めた。女の体の柔らかさが伝わってくる。心が震えるようなにおいが鼻孔をつく。下腹がたぎる。

喜蔵は布団の上に押し倒した。おたまが甘い声をあげる。

「静かにしねえか。きこえるぞ」

「大丈夫よ、もう衰えきっているから」

「しかし、俺が来ているのは知られるわけにはいかねえぞ」

おたまが、ふふんと笑う。

「もう知っているかもしれないわ」

「そうなのか」

「ええ、さすがに長いこと、大坂町奉行をつとめただけのことはあるわね」

「俺のことを誰かにしゃべらねえだろうな」

「しゃべるもなにも、あんたが誰か知らないんだから、しゃべりようがないじゃない」

「それはそうなんだが」

おたまが喜蔵からやや離れ、顔を見直す。

「ああ、やっぱりあんただ。うれしいよ。会いたかった。いつ以来だろう」

「今回はちと長かったな。半月ぶりか」

おたまがくんくんと鼻を鳴らした。

「あんた、血のにおいがするわ。誰か殺ったんじゃないの」

喜蔵は、往之助を殺したことを告げた。

「あの野郎、ついにこの屋敷を突きとめやがったからな。おめえのためにも息の根をとめておかねばならなかった」

「ここを突きとめたんじゃ、死んでもらわなきゃ仕方ないわね」

おたまが喜蔵を見つめてきた。険《けわ》しい色が瞳に宿っている。何度も修羅場《しゅらば》をくぐってきた喜蔵でさえ、この女にこんな目で見つめられると落ち着かない気分になる。

「どうしてそんな目をする」

いきなり頬を張られた。夜のとばりを引き裂くような鋭い音が響き渡る。

「なにをする」

「それはこっちの言葉よ。どうして真之丞を殺したの。金の隠し場所を吐かせるのに、格好の道具だったのに」

喜蔵はうなだれた。

「許せなかったんだ」

「なにが」

「金貸しのせがれの分際で、芝居の主役に近いような役を演じるのがだ。のうのうと暮らしやがって」

「そういうことだったの」

おたまが物静かな声をだす。顔も穏やかなものになっていた。おいでなさい、というように腕を広げた。喜蔵はおたまの胸のなかに顔をうずめた。柔かであたたかなものに包みこまれる。

「妬《や》いたわけじゃないのね」

「それもあった」

おたまがにっこりと笑ったのが、口調から知れた。

「そう。芝居とはいえ、真之丞とむつんでいるあたしが声をあげるのが、あんた、いやでたまらなかったのね」

「そうだ」

「正直ね。ねえ、亀山さまも殺すの」

喜蔵はかぶりを振った。

「耄碌《もうろく》寸前のじじいだ。じきくたばる。殺すまでもねえさ」

三

砂吉よ、おめえ以外、俺の中間はいねえんだぜ。

吾市は、こんこんと眠っている砂吉に心で語りかけた。

「先生」

吾市は砂吉から目をはずし、臨但に話しかけた。

「なにかな」

「いつ目を覚ますか、本当にわからぬのですか」

「うむ、わからない」

臨但が白いあごひげをさわり、伸ばすような仕草をする。

「次の瞬間、目を覚ますかもしれないし、もしや一年後くらいかもしれない」

「ええっ、一年」

驚きの声を発したのは、砂吉の母親のおこんだ。

「いや、そういうこともあるというだけの話だ。まことに今日、明日にでも目を覚ますこともあるんだよ」

「そうですか」

おこんは悲しげな顔を崩さない。

「失言だったな。すまん」

臨但が頭を下げる。

「いえ、そんな、いいんです。先生、お顔をあげてください」

臨但は、しばらくこうべを垂れたままだった。そのあいだ、おこんが困ったようにおろおろしていた。

「では、先生、砂吉のことをよろしくお願いします」

吾市はていねいにいって、立ちあがった。

「うむ」

臨但が重々しくうなずく。

「鹿戸さん、砂吉どのをこんなにした下手人、つかまりそうかね」

「つかまえますよ」

「必ずとっつかまえてくだされ。そうすれば、砂吉どのも目を覚ますかもしれない」

「まことですか」

「そういうことがきっかけになるのは、よくあることだ」

「わかりました。力の限りを尽くして、下手人をしょっ引いてきます」

よしやってやるぞ。

その思いとともに吾市は外に出た。朝靄《あさもや》があたりを包んでいた。大気はひんやりとしている。行きかう人たちが靄を突き破るように、あるいは引き連れるように、足早に歩いている。

「鹿戸さま」

背中に声がかかった。見ると、おこんが敷居際に立っていた。

「お忙しいのに、毎日お見舞いくだすって、まことにありがとうございます」

「当然のことだよ。砂吉は俺にとって無二の男だから」

「そのお言葉を砂吉がきいたら、どんなに喜びましょう」

おこんがしみじみという。

「砂吉は、鹿戸さまを一心に慕っているんです。鹿戸さまの中間になれて、本当によかったって口癖のようにいっていました」

「そうか」

吾市は涙が出そうになった。

俺はなんて駄目な男だろう。そんな砂吉の言葉をきいてやれなかった。本当に馬鹿な男だ。

「鹿戸さま」

おこんは涙ぐんでいる。

「鹿戸さまは大丈夫でございますか。今、一人で働かれているのでございましょう」

「俺がやられはしないかって、心配してくれているのか」

吾市は胸を叩いた。

「案ずるな。俺はやられやしねえよ。むしろ向こうからあらわれてくれるんなら、ありがてえくらいだ。引っ捕らえてやる」

「さようですか。ですけど、くれぐれもご無理をなされないように」

「わかっている」

吾市は右手をあげた。

「じゃあ、行ってくるぜ。吉報を待っていてくれ」

「行ってらっしゃいませ」

おこんが深々と腰を折り、吾市を見送ってくれた。

靄を引き裂くような勢いで、ずんずんと歩いた。

向かったのは、出合茶屋の浮草屋のほうだ。浮草屋の者に会うつもりはない。会ったところでもうなにも引きだせないだろう。

浮草屋界隈を徹底して当たるつもりだった。やはり浮草屋のあたりに下手人は土地鑑があるのではないか。

だから、きっとなにか得られるのではないか。

直感にすぎないが、こういうふうに思えるのは、砂吉の後押しがあるからではないか、という気がしている。

吾市は木挽町にやってきた。

徹底してあたりを探る。大袈裟《おおげさ》でなく、目についたすべての人に、殺された男の人相書を見せて話をきいた。

収穫があったのは、浮草屋の近くに戻ってきたときだ。そこに水茶屋があることは知っており、以前、ばあさんに話をきいたが、そのときは接客をまかせている孫娘が風邪を引いて休んでいるといわれ、ろくに話をきけなかった。

今日、来てみると、若い娘が忙しそうに立ち働いているのが見えた。話をききたいのと、喉を潤したいという気持ちがあって、吾市は長床几に腰をおろした。

注文を取りに来た看板娘に茶と団子を頼んだ。注文の品を持ってきたときに、人相書を見せた。

娘は首をひねりつつも、この男の人ならこちらにいらしたことがあるように思います、といった。

「まことか」

吾市はさすがに勢いこみ、顔を突きだした。娘はその勢いに驚きの表情になったが、すぐにうなずいた。

「一度、見えたことがあるような気がします。確か、お二人でした」

「二人だって。もう一人は女か」

「いえ、男の人です。でも女の人のようにきれいな人でした」

女のようにきれいな男か、と吾市はそのことを頭に刻みこんだ。

「二人でなにを話していた」

娘は必死に思いだそうとしている。その表情がけなげだった。いい娘だな、と吾市は思った。

娘がすっと形のよい顎をあげる。

「なにを話していたかはわかりません。きれいな男の人は、色が白くてまるで役者のようでした。その人が先に来て、お茶とお団子を注文したような気がします。ただ、お団子をまずそうに食べていました。顔はきれいでしたけど、そのことで冷たい感じもしました」

忙しいところすまねえが、と吾市はいって矢立を取りだし、娘の言をもとに人相書を描いた。

しかし、あまり手応えはなかった。おそらくほとんど似ていないのではないか。ないよりまし程度でしかない。

「いかがですか」

娘が人相書の出来を気にして、心配そうにきいてくる。

吾市はにこっと笑った。

「最高にうまく描けたに、決まっているだろう」

「よかった」

役に立てたのを、娘は両手を握り合わせて素直に喜んでいる。

「でもその二人の男の人、いったいどうしたんですか」

「大きな声じゃいえねえが、ある大きな犯罪に絡んでいるんだ」

「捕まえれば、お役人の手柄になりますね」

「大手柄よ」

「きっと捕まえてくださいね。おばあちゃんが丹精こめてつくったお団子を、まずそうに食べた人なんか、悪い人に決まっていますから」

「まかせておけ。必ずとっつかまえてやるからな」

吾市はすっかり冷たくなった茶を飲み、少し冷めてしまっている団子に食らいついた。茶は苦みにさわやかさがあった。団子も醬油だれにこくがあり、焼き加減も絶妙で、とてもうまかった。

これがまずいというんだったら、江戸の者じゃねえんじゃねえか。

吾市はなんとなくそんなことを思った。

勘定を支払い、娘に礼をいって水茶屋をあとにした。

さて、どこに行く。

どうして殺された男は、深川くんだりまで行ったのか。

そのことがどうしても気になる。

深川は文之介の縄張だ。

そして、どうして砂吉は出合茶屋の民代屋の鴨居につるされたのか。いったい下手人にどれだけ肉迫したのか。どうやってそこまで迫ることができたのか。

できることなら、教えてほしかった。しかし、そいつはどうあっても無理だ。

俺が自分で考えなくちゃならねえ。

砂吉は三日前の夜、柔の道場で師範代に絞め技を受けてまでして、思いだそうとしたことがあった。

あの女とどこで会ったのか。

このことは文之介の調べにより、門人たちの言でわかっている。

文之介は、三日前砂吉は女のことを思いだせなかったのではないか、といった。三日前に思いだしたのであれば、その日に凶行に遭っていたのではないでしょうか、だから思いだしたのは、一昨日ではないでしょうか。

だが、本当にそうなのか。

おととい思いだして、女と会った場所に行ったとしても、いきなり女にぶち当たれるものだろうか。

おとといの昼間は調べに費やし、日が暮れたころ、ついに女を見つけ、近づいた。だが、それを相手にさとられ、気絶させられた。

酒を無理に飲まされたか、浴びせられたかして、泥酔の形を取らされた。

そういうことではないか。

きっと、師範代の絞めは効いたにちがいない。道場を出たあと、砂吉は女のことを思いだしたのだろう。

道場をあとにして、砂吉はどこに向かったのか。

女に会った場所というのは、いったいどこなのか。

待てよ。

砂吉はまじめで、ほとんど遊ぶことがない。女のいるような店も滅多に行かない。

非番の前の日、俺が無理に連れてゆくくらいのものだ。

非番やその前の日の夜は、柔の道場に行くことが多いようだ。行かない場合は、親孝行なやつだから、ほとんど母親と一緒にすごしている。

となると、女を見たというのは、俺と一緒にいたときではないか。

ということは、もしや俺も女を見ているのか。

吾市は、あわてて懐から女の人相書を取りだした。

じっと目を落とす。

しかしこの女にはやはり覚えがない。震いつきたくなるようないい女であるのは紛れもない。

砂吉、この女にいったいどこで会ったっていうんだ。

ひらめけ。

吾市は人相書を見つめ続けた。

そのときをじっと待った。

駄目か、ひらめかねえか。

吾市はため息をついた。この人相書の女の顔など、頭の片隅にも残っていない。

くそう、情けねえやつめ。

吾市は頭を思い切り殴りつけた。痛かったが、砂吉の頭ほどは痛くない。

ぼかぼかぼか、とむちゃくちゃに殴りつけた。

行きかう通行人たちが、びっくりして吾市を見ている。それに気づいたが、そんなことを気にしている場合ではなかった。

とっとと行きすぎやがれ。

心中で罵声《ばせい》を浴びせる。目にその思いが出たのか、行きかう者たちはびくりとして足早に去ってゆく。

吾市は殴るのをやめ、再び人相書を見た。

わからねえ。いったいどこでこの女に会ったというんだ。

頭を抱えたくなった吾市に、声をかけてきた者がいる。

「吾市、どうした」

この江戸で自分を呼び捨てにできる者は、そう多くない。

誰だ。

見ると、丈右衛門だった。

「ああ、これは御牧さん。ご無沙汰《ぶさた》しております」

吾市はていねいに頭を下げた。

「うん、久しぶりだな」

丈右衛門がよく光る目で、吾市をじっと見る。吾市は、心の奥底まで見透かされたような気分になった。

といっても、いやな気は一切しない。丈右衛門の眼差しは慈愛に満ちている。赤子の頃、母親にやさしく抱かれたときに感じた安堵の思いは、こういう類のものだったのではないか。

「どうした、なにかうなっていたようだが、砂吉のことか」

丈右衛門にきかれて、吾市は顎を深く引いた。

「ご存じでしたか。文之介からきかれたんですか」

「そうだ。わしにとっても、砂吉は大事な友垣だからな」

吾市の胸はうれしさで包まれた。

「それをきいたら、砂吉はさぞ喜びましょう」

「容態は」

吾市は伝えた。

「そうか、命に別状がないのはなによりだった」

丈右衛門が顎をなで、静かな微笑を見せる。口の脇にしわができたが、それすらも吾市にはまぶしいくらいの笑顔に思えた。

丈右衛門が続ける。

「笑っている場合ではないのだろうが、吾市、顔をこわばらせていても決していいことはないぞ。顔はいつも穏やかにしていると、頭のほうもやわらかくなってくれる。吾市、試してみろ。そうすれば、さっきのようにうなることはまずなくなるはずだ」

「さようですか」

「うむ」

しかし、吾市は自分の頭に限界を覚えていた。砂吉のことで、丈右衛門に助言をもらいたかった。

実際、頼みかけた。だが、待て、ととどまった。

御牧さんに話をきくのは、たやすい。だが、それでは俺にまったく成長がねえじゃねえか。

いくら事件を解決するためとはいえ、それじゃあこれまでの繰り返しだ。俺は成長しなきゃあいけねえんだ。

砂吉だって、自分で考えて女に近づくことができた。どうして俺にできねえことがあるんだ。

考えろ、考えるんだ。

砂吉とはいつも、木挽町などをはじめとした吾市の縄張へと一緒に行き、町まわりをしている。

ここ最近、砂吉におかしいところはなかったか。

なかったと思う。

女に関して、なにかいっているようなことはなかったか。

これもなかったように思う。

そういえば、と吾市は思いだした。女の人相書を懐にしまい、代わって別の人相書を取りだした。

ひらき、目を落とす。真之丞の死のことを、浮草屋で嗅ぎまわっていた赤ら顔の小柄な男だ。

この男は、どうして深川で殺されたのか。あらためて考えはじめる。

深川に住んでいたのか。

深川といえば、文之介にもいったが、半年ばかり前に一度、行った。

あれは、元大坂町奉行をつとめていた人に会いに行ったのだ。

大坂から江戸に流れてきたと思える盗賊による犯行が何件か続き、その盗賊について話をきいたのである。

元大坂町奉行は、亀山富士兵衛といった。病に冒されているらしく、ずいぶんと顔色が悪かった覚えがある。

吾市が砂吉を連れて訪ねたのは、富士兵衛の隠居所だ。本宅はせがれに譲り、自分は気ままな一人暮らしとのことだった。

あのとき、亀山屋敷のなかに砂吉も入った。だが、玄関脇に設けられた供のための部屋で待つことになった。奥の座敷に通されたのは俺だけだ。

富士兵衛は結局、ろくに盗賊のことは知らなかった。それでも心からの礼をいって座敷をあとにし、玄関に戻ったら、砂吉の姿がなかった。

どこに行ったんだ、あの馬鹿、と思って見まわしたら、探すまでもなく姿をあらわした。厠を借りていたといった。

富士兵衛の隠居所のどこに厠があるのか、吾市は知らない。木々のあいだを縫って敷かれた白い石を踏んで、庭をまわりこむように砂吉は戻ってきた。屋敷のなかにもあるのだろうが、外にしつらえてある厠をつかったのだろう。

吾市は腕組みをした。

元大坂町奉行は上方にずっといた。浮草屋のそばの水茶屋で団子を食った男は上方の者ではないかと思える。となると、女も上方の者とは考えられないか。そして元大坂町奉行と知り合いだったとして、女はあの屋敷にいると考えるのは不自然か。

厠に行ったとき、砂吉は女を見たのではないか。

あの隠居所はずいぶん広く、そして豪勢な造りだった。庭に離れくらい用意されていても、決しておかしくない。

よし、と吾市は思った。さっそくあの隠居所に行ってみるか。

空振りになったところで、かまわない。それが探索というものだろう。

「どうした、吾市。なにをつぶやいているんだ」

急に言葉が頭のなかに飛びこんできて、吾市は驚いた。そこに丈右衛門がいるのを失念していた。

吾市は背筋を伸ばして、丈右衛門にいった。

「すみません。行くところができました。これにて失礼いたします」

吾市は、丈右衛門をその場に置き去りにするように走りだした。

四

いい表情をしていたな。

もうもうたる土煙を蹴立てて走り去ってゆく吾市を見送って、丈右衛門は思った。あの土煙のすさまじさは、若さのあらわれでもある。

丈右衛門にはどうやっても、あれだけの土煙をあげることはもはやできない。

すでに吾市の姿は、雑踏に紛れて見えなくなった。土煙だけが風にさらわれることなく、航跡のように残っている。

いいな、若さというのは。

丈右衛門は腰に帯びている脇差に手を置いて思った。昔は自分も若かった。いや、今だって若い。気分だけは二十歳前のつもりでいる。

だが、残念ながら体がついてゆかない。

丈右衛門自身、砂吉の一件は自分のことのように無念に思っている。

誰が砂吉を鴨居につるすような真似をしたのか、下手人を捕らえたくてならない。探索に加わりたい。

もし今、吾市に知恵を貸してくれるようにいわれたら、喜んで助言していただろう。

しかし、吾市は思いとどまった。いつまでも御牧丈右衛門という男に頼っていても仕方ないことに気づいたのだ。

下を向きたくなる。頼られないというのは実に寂しいことだ。

いつまでも古い人間が残っていても仕方ないのは、丈右衛門は十分すぎるほどわかっている。

もう若い者にまかせるときがきたことも、熟知している。請われるままにいつまでも力を貸していては、若い者が伸びてゆかないのも解している。

しかし、丈右衛門のなかには、置いてけぼりにされたような歯がゆさがある。それは、自分のなかに、まだまだわしはやれる、という思いがあるからだ。

やれるのに、誰にも頼りにされない。隠居だからと、仕事を与えられない。

叫びだしたくなる。

俺はまだまだやれるぞ。若い者には決して負けぬぞ。

これも定めなのだ、というのはわかっている。自分も先輩たちに同じ思いをさせたのだろうから。

時代は歳を取った者を置き去りにして、まわってゆくものなのだ。次々にめぐってくる順番にすぎない。

だが、歯ぎしりしたくなるような思いが心の底からわきあがってくるのを、丈右衛門は抑えつけることができない。このまま朽ち果ててゆくなど、我慢できることではない。まだ一花、咲かせられる。

体は弱りつつあるといっても、脳味噌のほうに衰えは一切ない。頭のほうは、若い頃にはなかった経験を加え、むしろ冴《さ》えてきている感すら受ける。

これを生かす手立てはないものだろうか。このまま消え去るしかないのだろうか。

いい考えも浮かばず、丈右衛門は目をあげ、吾市が走り去った方向を眺めた。

土煙はさすがに消えかけている。

吾市のやつは、必死の表情をしていた。男の顔つきだった。ひどい目に遭《あ》った砂吉には悪いが、こたびの一件で、吾市は一皮むけるかもしれない。

丈右衛門は歩きだした。砂吉の診療所がどこかわかっている。

陽夕庵という診療所も臨但という医者もはじめてきいた。

文之介や、今の吾市の話からすると、かなりの名医のようだ。

市井《しせい》にはまだまだ自分の知らないことがある。多すぎるくらいだ。

もし、このまま死ぬようなことになったらわしはどうする。

旺盛《おうせい》すぎるほどの好奇の心を満足させることなく、死に果てるなど、やはり冗談ではないぞ。未練があまりに残りすぎる。わしは妄想のかたまりだから、まさに死んでも死にきれまい。

待てよ。

せっせと足を運びつつ丈右衛門は考えた。

わしのこの強すぎる好奇の心と経験とを、うまく生かせる手立てがもしやあるのではないか。

こいつはどうだろうか。

頭に浮かんできた思いを整理してみる。すばらしい考えではないのか。考えれば考えるほど、これ以上ない、いい方法のように思えてきた。

それでも一存で決められることではない。

帰ってお知佳に相談しなければならない。相談できる相手がいるというのは、やはりすばらしいことだ。

ただ、その前に砂吉のところに寄っていかなければならない。

陽夕庵という診療所は、あっさりと見つかった。

見ろ、わしの勘はやはり衰えておらぬではないか。

こんなところにも、若さを見ることができて、丈右衛門はうれしかった。

「ごめん」

あけ放たれた入口の前に立ち、なかに控えめな声をかけてから、丈右衛門は土間に足を踏み入れた。

土間の先には八畳間があり、数名の患者らしい者が世間話をしながら座っていた。丈右衛門を見て、にこにこと笑いかけてきた。いい雰囲気の診療所だ。

「どなたかな」

次の間から、閉じられた襖を通じて物静かな声がきこえてきた。

丈右衛門は名乗り、砂吉の見舞いに来たことを告げた。

「どうぞ、お入りになってくだされ」

丈右衛門は患者たちに一礼してから、あがりこんだ。

「砂吉どのはこちらです」

いわれて、丈右衛門は静かに襖を横へ滑らせた。

薄い布団が敷かれていた。その上に横たわっているのが砂吉かと思ったが、そこにいるのは老婆だった。前をはだけ、医者に按腹《あんぷく》されている。

「これは失礼した」

丈右衛門は戻りかけた。

「かまわないよ、お侍」

歯の抜けた顔で、老婆がにやりと笑う。

「お侍のように若いお方に見てもらって、あたしのほうがうれしいよ」

「もう何年も、おりんさんの裸はわししか見ておらぬからのう」

医者が白いひげに触れ、柔和な笑みを見せた。

「砂吉どのならそこだ」

いわれるまでもなく、丈右衛門は気づいていた。砂吉が医者の背後に横たわり、昏々《こんこん》と眠っていた。

「先ほどまで母者《ははじゃ》が来ていたが、帰っていった。ほかにも、いろいろな者が次から次へと見舞いに来てくれる。砂吉どのは果報者だよ」

「よろしいかな」

丈右衛門は、砂吉の枕元に腰をおろしてもいいかきいた。

「どうぞ、どうぞ」

丈右衛門は正座し、砂吉をのぞきこんだ。

青い顔をしているが、それほど血色は悪くない。血がしっかりとめぐっているのがわかる。

これなら確かに大丈夫そうだ。

実際に砂吉を目の当たりにして、丈右衛門は一安心だったが、次はいつ目を覚ますことになるかというのが気になった。

しかし文之介や吾市によれば、臨但といういかにも腕のよさそうな雰囲気をたたえているこの医者にも、それがいつになるかわからないということなので、丈右衛門はきかなかった。

はやく目を覚まして、元気な顔を見せてくれ。

丈右衛門は祈るような気持ちだ。

砂吉、おまえはまだ若い。目を覚ませば、楽しいことが数えきれぬほど待っているぞ。苦しいことも同じ数だけ待っているだろうが、それを乗り越えるに十分な若さがおまえには備わっている。

だからはやく起きろ。

「さわっても大丈夫ですかな」

丈右衛門は臨但に確かめた。

「むろん。そういう刺激を与えたほうが、むしろ砂吉どのも喜ぼう」

丈右衛門はうなずいて手を伸ばし、砂吉の頰に触れた。

ひんやりとしていた。額も同じだった。

「まだ冷たかろう。だがいずれ体温は戻ってくる。砂吉どのは若いから、さほどの時はかかるまいよ」

「さようですか」

丈右衛門は臨但に向き直った。

「些少《さしょう》ですが、これを」

屋敷で用意してきた紙包みを、畳に滑らせた。

「余計なことはせんでよろしい。すでに十分にいただいておるゆえ」

臨但がぴしゃりといった。

「でも、うちにやってくる患者たちの茶菓子代ということなら、いただきましょう」

「では、その筋でお願いいたす」

「承知した」

紙包みを押しいただくようにしてから、臨但は右手の文机の引出しにていねいにしまい入れた。

「正直にいえば、ひじょうに助かる。この者たちは払いが悪いからのう」

「払いが悪くて悪かったね」

おりんばあさんが毒づいた。

「そんなことというんなら、もう二度と来ないからね」

「おりんばあさんの顔が見られなくなるのは寂しいから、そんなことをいわんでくれ」

「先生、見られなくなって寂しいのは、あたしの裸じゃないかい」

「ばれたか」

臨但が、幼子のようにぺろりと舌をだした。

「して、お侍は砂吉どのと、どのような関係かな。確か御牧どのといわれたようだが」

臨但にきかれ、丈右衛門は話した。

「ほう、御牧どのも町奉行所に」

思いだしたように臨但が丈右衛門を見つめ直した。

「御牧丈右衛門どのか。きいたことがある。いくつもの事件を解決に導いた名同心と謳《うた》われたお方ではないかな」

丈右衛門はなんと答えていいかわからず、微笑を返しただけだ。

「やはり」

臨但は好奇の思いを隠さず、まじまじと見ている。晴れやかな表情になった。

「お会いできて、本当によかった。また是非いらしてくだされ」

砂吉の見舞いをこれ一度にするつもりなどないから、丈右衛門は深くうなずいた。

陽夕庵をあとにして、八丁堀《はっちょうぼり》の屋敷に戻った。

式台《しきだい》でお知佳が出迎えてくれた。

「お帰りなさいませ」

「ただいま」

見ると、お知佳の背中のお勢が珍しく起きていた。

居間に戻り、丈右衛門はお知佳からお勢を受け取り、あやした。きらきらとしたまぶしいほどの笑顔で丈右衛門を見つめてくれている。

たまらず抱き締めたくなるが、そんなことをすると潰れてしまうほど、まだ小さい。

自分とは血はつながっていないが、かわいくてならない。

「三増屋さんはいかがでしたか」

茶をいれて、お知佳がきいてきた。

丈右衛門は今日、祝言の打ち合わせで三増屋へ行っていたのだ。

「うん、藤蔵は変わらず元気だった。店も活気を取り戻しつつあったな。祝言の打ち合わせも順調だ」

「それはようございました」

お知佳は我がことのように喜んでくれた。その笑顔を見て、丈右衛門は心が満たされるのを感じた。

茶を喫する。ほどよい甘さと苦みが口中に広がり、こわばっていた筋がほぐされるように、気持ちが安らかになってゆく。

穏やかな心持ちになって、丈右衛門は湯飲みを茶托《ちゃたく》に戻した。

「お知佳、相談があるのだが、きいてくれるか」

静かな口調で切りだした。

「もちろんです」

丈右衛門は、道々思案を続けてきたことをお知佳に伝えた。

「それはよい考えですね」

手を打ってお知佳がうれしがる。

「そう思うか」

「もちろんです」

よかった。

丈右衛門の心はこれ以上ないほど、幸せな思いで包まれた。

五

腹が減ったな。

さっきから文之介の腹の虫は鳴き通しだ。

なにか入れてやらねえと、もたねえな。

「旦那、どうしたんですかい」

うしろから勇七がきいてきた。

「腹が空いたんじゃないんですかい」

文之介は勢いよく振り向いた。

「よくわかるな」

「そりゃわかりますよ。長いつき合いなんですからね」

「そうだなあ。かれこれ二十年になるものなあ」

文之介は勇七に笑いかけた。

「だから、俺にも勇七の気持ちがよくわかるぞ。勇七もひどく腹を空かせているな」

勇七が頭のうしろをかき、苦笑いしてみせる。

「さすがに旦那をごまかすことはできませんねえ」

「当たりめえだ。おめえの考えなど、お見通しなんだよ」

「旦那、なにが食べたいですか」

今、文之介たちがいるのは深川だ。

「なんでもいいが、腹にたまるのがいいな」

「でしたら、天ぷらでもいただきますかい」

「そいつはいいな。天ぷらにしよう」

天ぷらを揚げている屋台は、すぐに見つかった。

揚げたてを、はふはふいいながら食べる。潮風に吹かれて天ぷらをつまむというのも、また乙なものだった。

なによりも、勇七と一緒ということで、幼い頃に屋台の団子を二人して食べた記憶がよみがえり、楽しかった。ほんのわずかな間だが、砂吉の事件を探索していることを忘れ、心を伸びやかにすることができた。

「よし、腹ごしらえもすんだし、勇七、仕事に戻るか」

「ええ、そうしましょう」

勇七がさわやかな笑みを浮かべて元気よく答える。文之介は勇七の笑顔を見て、自身も元気づけられた。

「こいつは、深川に住んでいたのかなあ」

歩きながら文之介は、吾市が描いた人相書を前にかざし、じっと見た。風に飛ばされないように、しっかりと両手で押さえる。

朝は穏やかな日和だったが、午後になって風が少し出てきている。太陽は厚い雲に隠れ、江戸の町全体が日陰に置かれて、やや肌寒さが増してきていた。

路地裏や商家の大きな建物の陰などは、夕方のような薄暗さすら漂いはじめていた。

道行く人も強い風に追われるように急ぎ足で歩いている。

「妙な天気だ」

「まったくですね。最近はどうも季節のめぐりがおかしくなっちまっているというのか、変ですよね。お日さまの具合が悪いんですかね」

「お日さまだけじゃなく、天上に住まう人が仕事を怠けているのかもしれねえな」

「仕事はしっかりやってもらわなきゃ、困りますね」

「まったくだ。活を入れたくなるな」

「一丁、叫びますかい」

「よし、やろう」

文之介と勇七は手に唾してから、しっかりしろ、と大声を張りあげた。そばにいた町人たちが目を丸くした。

「おもしれえな。気分がすっきりするぜ」

「本当はこんなこと、しちゃあいけないんでしょうけど、たまにはかまわないでしょう。罰が当たるってこともないと思いますよ」

「なにより天上の人に活を入れたってことで、こっちもしっかり仕事をしなきゃいけなくなったからな」

「ええ、がんばりましょう」

文之介と勇七は深川の町々を、人相書を手にめぐり歩いた。

水路に囲まれているような小さな町である深川富久町《とみひさちょう》にやってきて、はじめて男の住みかが知れた。

町役人に人相書を見せたら、いますよ、とあっさりといったのだ。

「本当かい」

「ええ」

町役人に住みかに案内された。

こぢんまりとした一軒家だった。大金を所持していたことから、長屋には住んでいないだろうと思っていた。案の定だった。

「こいつは何者だい」

文之介は人相書を指さして、きいた。

「なにをしている人か、申しわけないですが、存じません。名は往之助さんといいます」

こいつは往之助というのかい。

文之介は人相書をにらみつけた。

「往之助さん、どうかしたんですか」

町役人がきいてきた。好奇の色が瞳に宿っている。

「他言は無用にしてくれ。殺されたんだ」

「ええっ」

「死骸は今、久永町の自身番にある。場合によってはこちらで引き取ってもらうことになるかもしれねえな」

「はい、それはかまいません。住民の最期の世話を見るのも、町の責任ですから」

「よろしく頼む」

町役人には引きあげてもらい、近所の者に話をききはじめる。

まずは隣の長屋の者たちだった。幸い、女房衆は乾きの悪い洗濯物を、口々に文句を垂れながら取りこんでいるところだった。

「往之助についてききたいんだが」

文之介がいったが、わらわらとせまい路地の一角に集まってきた女房衆の目は勇七に向けられている。

いい男ねえ、いなせってことばがぴったりねえ、あたしがもっと若かったら放っておかないわ、独り身かしら、などといい合っている。

「残念ながら、この勇七にはかわいい嫁さんがいる」

文之介は宣したが、残念がる女房など一人もいなかった。

あたしも亭主持ちだからおあいこよね、嫁のいるほうがあっちのほうに慣れているもの、かわいい嫁さんてどのくらいかわいいのかしら、少なくともあんたよりずっとかわいいでしょ。なによ、きっとあんたよりずっとやせてるわよ。あんた、あたしが太っているっていいたいの。

別にとめずともいいような口喧嘩だが、このままだらだらと続くのは勘弁してほしかった。文之介は割って入った。

「往之助のことをとっとと教えてくれ」

それで女房衆の関心はやっと本題に移った。

「往之助さん、どうかしたんですか」

役人が来ることなど滅多にないはずで、女房衆は一転、興味津々の目になっている。

「死んだんだ」

ええっ、と女房衆は驚いたが、すぐにやっぱりというような表情に変わった。

「遊び人で、なにをしているかわからない人でしたからね」

「日がな一日、よくぶらぶらしているのに、いい家に住んでいたから、悪さをしているんだろうなあとは思っていました」

「よく近くの賭場《とば》に出入りしているって話でしたよ」

「女も買いに行っていたわよ」

「お酒も好きだったよね」

「だから、あんな赤ら顔だったのよ」

「職にはついていなかったんだな」

「ええ。でもときどき一日中留守にしているときもありましたね。帰ってきたときは疲れ切っているって感じでした」

さすがによく見ているなあ、と文之介は感心した。

「人の出入りはあったか」

「ほとんどありませんでしたよ」

「友垣らしい者は」

「見たことありません」

「往之助をどこかよそで見かけたことはないか」

ありませんよ、と女房衆は声をそろえた。育ち盛りの子供がいて、買い物もこの町ですませる。よそに行くなんて、せいぜい半年に一回くらいとのことだ。

「お役人は毎日散歩ができて、うらやましいですよ」

町まわりを散歩といわれたが、別に腹を立てるほどのことではなかった。

文之介は問いを続け、往之助がなじみにしていた飲み屋、賭場、女のいる店をきいた。

女房衆に礼をいって、文之介と勇七は長屋をあとにした。

「かっこいい中間さん、お仕事、がんばってねえ」

背中に声がかかったが、勇七はむっつりとしている。

「勇七、手を振っているぞ。振り返してやらねえか」

「別にいいですよ」

文之介が無理強いできることではなかった。

文之介と勇七は、まず飲み屋に行った。江戸の煮売り酒屋はだいたいそうだが、午後の八つくらいからあけている店が多い。はやくに仕事を終えた大工や職人を迎え入れるためだ。

往之助はこの煮売り酒屋では一人、酒を飲んでいたという。飲むのは、せいぜい三合まで。友垣というのはなく、いつも一人だった。無言で、豆腐を肴《さかな》に杯《さかずき》をにらみつけるようにしていた。

煮売り酒屋では往之助の孤独な暮らしの一端が垣間見られただけで、手がかりにつながるようなものは得られなかった。

賭場はまだひらいておらず、しかも寺だった。文之介たちは賭場を仕切っているやくざ者の家に行った。

最初はなにごとかと警戒していたが、往之助のことをききたいというと、やくざ者の緊張もゆるみはじめた。

「往之助さんですが、ずいぶんと金まわりがよかったんですよ。不思議に思ってきいたことがあるんですが、上方からの客人がいて、その人の仕事をしているから、いいんだよといっていました」

「上方からの客人か。どういう者か、往之助は話したか」

やくざ者がかぶりを振る。

「あっしもきいたんですが、答えなかったですね」

そのあたりはさすがに口がかたかったか。

「ほかに、往之助に関して気づいたことはないか」

「ありませんねえ。すみません」

文之介は別の問いを発した。

「賭場には一人で来ていたのか」

「旦那、あっしたちは賭場なんてひらいていませんて」

「それなら、寺社奉行に旧香寺《きゅうこうじ》を調べさせてみようか」

「どうぞ、どうぞ」

「ほう、余裕だな。鼻薬を嗅がせてあるようだな。しかし、寺社奉行というのは四人いるし、出入りもけっこうあるんだぞ。四人全員に鼻薬は行き届いているのか。新しい寺社奉行も入ってくるという話もあるし、そのお方に話を持っていってもいい。新任だから張り切って仕事をするぞ」

「わかりましたよ。旦那、降参です」

もう寺もばれている以上、意地を張っても仕方ないと判断したようだ。

「往之助さんは賭場にはいつも一人で来ていました。友垣はいなかったですね」

賭《か》け事は好きだったようだが、強くはなかった。勝負強さに欠けるところが多々見えたという。

文之介は勇七をうながして、外に出た。歩きながら話しかける。

「往之助は、人生の勝負にも負けちまったということだなあ」

その後、往之助のなじみの女に会った。別に手入れじゃない、としっかり説明すると、店の者も半信半疑ながらも、なんとか女に会わせてくれた。

文之介は、さっそく女に往之助についてきいた。往之助が死んだというと、悲しそうな顔をして見せたが、それまでだった。涙一つ流さなかった。

往之助は、どういう仕事をしているのかときいた女に、こう答えたという。

――女を一人、探しているんだ。

「ほう、女をな。どういう女か話したか」

「それは話してくれませんでした。でも最後に来たとき、もうじき居どころがつかめそうだとはいっていました」

「居どころについて、なにか話していたか」

「あの隠居のところが怪しいんだよな、とそれだけです」

「その隠居だが、町人か侍か、そのことについてはどうだ」

「いえ、話しませんでした」

文之介は咳払いした。背後で勇七が、旦那、がんばってください、と心で励ましている。まかしておけ、と文之介は心のなかで返した。

「往之助が最後に来たのはいつだ」

女が妙になまっちろい首をひねる。

「多分、四日前だったと思います」

六

あまりに急いだから、深川海辺大工町《うみべだいくちょう》に着いたときには、息も絶え絶えだった。すでに日も暮れかけ、曇って暗かった江戸の町はさらに暗さを増している。夜が急速に近づいてこようとしていた。

人の家を訪ねるのには少し遅いかもしれなかったが、かまうこたあねえ、と吾市は判断した。

屋敷の前に立ち、訪《おとな》いを入れる。目の前にはこぎれいな格子戸《こうしど》がある。

誰もやってこない。吾市は何度か呼んだが、やはり人が来る気配がないので、格子戸に触れて軽く力をこめた。

格子戸は軽やかに横に滑った。

あきやがった。

「ごめん」

吾市はいって、木々の深い庭に入りこんだ。そのときには、呼吸は平静なものに戻っていた。

この屋敷には、大坂からやってきた盗人のことをききに足を運んだことがあるが、そのときと趣は変わっていない。季節が移り、木々の色が変わっているくらいだ。

敷石を踏み、進む。母屋の前に出そうになったが、考え直し、庭の奥に向かった。

低い築山《つきやま》の裾に離れが建っていた。吾市は慎重に近づいていった。

なかなか広い離れだ。二間はありそうだ。

濡縁の前に立ち、なかの気配を嗅ぐ。

人がいそうには思えなかった。

腰高障子をあける。畳のにおいがぷんと立ちあがってきた。

こちらは六畳間だ。無人だった。荷物らしいものも置かれていない。

吾市は雪駄を脱いであがった。

むっ。

女のにおいがする。この甘ったるいような、どことなく果実を思わせるにおいは、女が放つものだ。まちがいない。

しかも、部屋に染みついたかのように濃厚だ。

やはりここにいたんだ。

吾市は確信した。

隣の間ものぞいてみた。こちらにも人はおらず、荷物らしいものもなかった。文机が一つに簞笥《たんす》が二つ、置かれている。

いねえっていうのは、逃げやがったからか。それとも単に出かけているのか。

布団が隅に寄せられている。においを嗅いでみた。

やはり女のにおいがする。

簞笥の引出しをあけてみた。女物の着物がきれいにたたんでしまわれている。かなりの数があった。

これだけ見ると、逃げたとは思えない。待っていれば、舞い戻ってくるだろうか。

しかし、ここでじっとしているわけにもいかなかった。

吾市は、自分が来たことが知れないように気をつかって離れを出た。髪の毛も気づいたものはすべて拾いあげた。

腰高障子を閉める。雪駄を履いて、敷石に沿ってそっと玄関に向かった。

どきりとした。玄関の前に人影が立っていたからだ。

「誰かな」

しわがれた声が発された。まるで八十を超えた年寄りのような声だが、ここのあるじの亀山富士兵衛はまだ五十代のはずだ。それともちがう人物なのか。富士兵衛の父親かもしれなかった。

吾市は男の前に立ち、丁重に名乗った。男のいるところは鬱蒼《うっそう》とした木の枝が覆いかぶさるような木陰になっており、暗さが増してゆくなか、すでに墨がにじんだような暗がりになっていた。人相を見極めるのはむずかしかった。

「おう、あのときの町方か」

尊大ない い方をされたが、吾市は気にしなかった。ふつうの侍は、町方のことを不浄役人ということできらっている。この程度の扱いはまだいいほうだ。

「どうして庭のほうにいたのかな。忍びこんだのか」

口調は軽やかだが、男の低い声に気圧《けお》されるようなものを感じた吾市はあえて前に踏みだした。

あっ、と声をあげそうになった。目の前にいるのは紛れもなく亀山富士兵衛だったが、あまりに人変わりがしていた。

やせ細り、頰はげっそりとこけている。肩の骨が、槍《やり》の穂先《ほさき》のように着物を押しあげていた。肌つやも悪そうで、明るいところで見れば、きっとどす黒い顔色をしているのではないか。

吾市は息を静かに吸いこんだ。富士兵衛からは薬湯らしいにおいがしている。着物に染みついているのだろう。

「訪いを何度か入れたのですが、こちらから応《いら》えがなく、格子戸があいていたので、勝手になかに入らせていただきました。しかし、邸内はあまりに広く、しかも暗くなってきてもおり、情けないことに道に迷ってしまいました」

我ながら厳しいいいわけだな。

だが、ほかに思いつくものがなかった。

「道に迷ったか。よくいうものよな」

案の定、富士兵衛がいったが、気を悪くしているふうでもなかった。

「して、なに用かな。また大坂の盗人の話でもききに来たのか」

「いえ、ちがいます」

「それなら、なにかな」

この前とは異なり、座敷に通そうとする気持ちはないようだ。

「こちらにいた女のことです」

「ほう、女だと」

「はい、名は知りませんが、今それがしどもが必死に探している女に、まずまちがいありませぬ」

吾市は女の人相書を取りだした。

「この女です。覚えがありませんか」

富士兵衛が人相書を受け取る。暗いな、とつぶやき、きびすを返して玄関に入った。明かりが灯されていた。

富士兵衛がじっくりと人相書を見ている。病人そのものだ。よく歩けると思えるほどにやせ衰えていた。

「この女はなにをした」

吾市は伝えた。

「心中の片割れか。つまらぬ者を追っているな。町方なら、ほかにもっとちがう仕事があるのではないか」

「ほかの事件にも絡んでいる様子で、会って是非とも事情をききたいのです」

「さようか」

「どちらにいますか」

「少なくともここにはおらぬ」

「かくまっていたのですか」

「かくまってなどおらぬ。わしはこの女のことなど知らぬ」

しらばっくれている、と吾市は思ったが、侍が知らぬといっている以上、引き下がるしか道はなかった。

「失礼いたす」

吾市は頭を下げ、人相書を取り戻してから体をひるがえした。

格子戸をあけ、夜のとばりがさらに深くおりてきている外に出た。着物にへばりついている気がしていた薬湯のにおいは、風にさらわれたように一瞬で消え去った。

七

危なかったわねえ。

おたまは、ひんやりとしたものがよぎっていった首筋をなでた。

格子戸のほうから訪う声をきいたとき、自分に害をなす者が来たという勘が働き、荷物をすばやくまとめ、離れを逃げだしたのである。もともとたいして荷物を持っていなかったから、支度するのにさしたる手間はかからなかった。

深い木々を縫って裏にまわり、植木の手入れのために富士兵衛が用意している梯子《はしご》を高い塀に立てかけた。この梯子は、まだ富士兵衛が元気だった頃は頻繁につかわれたようだが、最近はめっきり出番が減っていた。

おたまは梯子をのぼって塀にあがり、手と足をつかって慎重に道におりた。さすがにほっとする。

屋敷にやってきたのは誰なのか。

歩きつつ、考える。

谷三郎の追っ手だろうか。いや、追っ手ならば、訪いを入れることはない。

となると、町方としか考えられない。この屋敷に探りを入れようとした中間の仲間だろうか。

喜蔵は中間を始末したといったが、それだけではやはり足りなかったということか。

中間は殺される前に、この屋敷のことを話していたにちがいない。

まさか、という思いが心をかすめる。訪いは屋敷の裏に追いだす策ではないのか。

しかし、あたりに捕り手《とて》の気配はまったくない。

杞憂《きゆう》にすぎなかった。今はとにかく大丈夫だ。

それでも、一刻もはやくこの屋敷から遠ざからなければならない。

おたまは歩きだした。すぐに足をとめた。一年のあいだ暮らした屋敷を見あげる。

さすがにこみあげるものがある。

もうこの屋敷には二度と来ることはないだろう。やさしかった富士兵衛にも、もう会うことはないのだ。

なにしろ、近所の者に話をきけば、自分がこの屋敷にいたことはすぐにばれるだろう。

確実に付近に網が張られるから、気安く近づくわけにはいかないのだ。里心のようなものをだしてもし近寄るようなことがあったら、それが最後だ。

いつまでも見ているわけにはいかない。

おたまは鉄環《てつわ》でもはめられたように重くなっている足を、なんとか踏みだした。少しずつ進みだすと鉄環ははずれてくれ、歩きやすくなった。

これからどうするか。

足を踏みだしつつおたまは考えた。

いや、考えるまでもない。こういう場合の打ち合わせはすでにすんでいる。

追っ手がついていないか、尾行している者がないか、うしろを常に気にしておたまは歩き進んだ。

家は闇に沈んでいた。木塀に囲まれているが、高さはたいしたことはなく、おたまでも楽に乗り越えられる。

あたりに、人の気配はまったく感じられない。ただ弱々しい虫の音がきこえ、草のにおいがしているだけだ。

酔っ払いの仕業か、それとも野良犬がしていったのか、どこからか小便くささが漂っている。ときおり吹く風が、そのにおいを取り払ってくれることはない。

まったく鼻をつまみたくなるよ。もっといいところに住めばいいのにねえ。

心中で毒づいたおたまは、捕り手などいないことを一歩進むごとに確かめ、そろそろと家に近づいていった。

「いるかい」

塀を軽々と越えて、おたまは裏口の戸を軽く叩いた。

応えがなく、もう一度叩こうとしたとき、いきなりあいたから、たまらず後ずさっていた。驚いてしまったこと自体、おたまは腹が立ってならなかった。

「入んな」

三和土《たたき》に男の影が立っている。

「あんた、驚かすんじゃないよ」

「今ので驚くなんざ、おめえも焼きがまわったもんだぜ」

おたまが入ると、喜蔵が付近の気配をうかがってから戸を閉めた。

おたまは居間に落ち着いた。喜蔵が、飲むか、といって台所から大徳利を持ってきた。

おたまは居間の棚から湯飲みを二つ、取りだした。

「どうした」

湯飲みに酒をついで、喜蔵がきく。おたまは話した。

「ほう、町方が。なかなかすばやいじゃねえか」

「なに、のんびりといっているんだよ。あたしゃ、肝を冷やしたよ」

「無事に逃げだせたんだから、いいじゃねえか」

「まったくお気楽にいってくれるねえ」

おたまはすねてみせた。

「そういう顔もきれいだぜ」

喜蔵が軽口を叩く。

「それよりもおたま、本当にいいところに来たぜ」

喜蔵の表情が一変し、締まっている。行灯《あんどん》にじんわりと照らされた顔が、さらにきれいに見えた。

おたまは胸が娘のようにきゅんとした。

まったくいい男だねえ。あっちのほうは下手くそだけど、顔を見ているだけで十分、素敵だわねえ。

「どうしたの。なにかすごい話でもつかんだの」

おたまはかすれ声できいた。

「飛び切りの話よ。おや、おたま、おめえ、その気になっているんじゃねえのか」

喜蔵が手を伸ばしてきた。おたまは、やめなさいよ、とその手を払った。

「痛えな」

「痛くないでしょ。さっさと話しなさいよ」

「気の短え女だな」

「それから、その妙な江戸弁、やめたほうがいいわよ。上方なまりが混じって、言葉の調子がおかしくなっているわよ」

喜蔵が目を怒《いか》らす。

「どこがおかしいっていうんだ」

まったくこの男は、とおたまは思った。なにか癇《かん》に障ると、すぐに怒りだすんだから。なにをいうと怒るのか、いまだにわからないところが厄介よね。

「そんなに怒らなくてもいいじゃない」

おたまは喜蔵にしなだれかかった。

喜蔵が怒りの表情をおさめ、胸に手を伸ばしてきた。

まったく仕方ないわねえ。

「ねえ、はやく話してよ」

「わかってるって」

手のひらにふうと息を吐きかけてから、喜蔵がゆっくりと話しだした。

八

ちょっと気分がよかった。

昨日の夜、南町奉行所に帰って同心詰所に入ったとき、吾市の帰りを待ちかねていたらしい文之介が呼びとめて、殺された男が往之助という名であること、そして、往之助が上方から逃げてきた女を追っていたことを告げた。

「往之助は、女を追っていたそうです。おそらく、真之丞と心中事件を起こした女でしょう。その女の居どころについて、あの隠居が怪しいんだよな、といったそうです」

隠居についてなにか心当たりがないか、ときくので、吾市は即座に元大坂町奉行の亀山富士兵衛の名をあげた。

「さっき会ってきたばかりだ」

どういうやりとりがあったか、文之介に教えた。

文之介が尊敬の眼差しを送ってきた。

「鹿戸さん、すごいですね」

「まあな。文之介、俺は本気になればやる男なんだよ」

「これまでどうして本気にならなかったんですか」

「能ある鷹は爪《つめ》を隠す、っていうじゃねえか。これぞっていう事件をじっと待っていたんだ。それもあるんだが、砂吉があんなことになっちまったのは俺のしくじりだ。砂吉のことが俺の本気を引きだしたってのは、まちがいないぜ」

なるほど、と文之介がほとほと感心したという顔で相づちを打つ。

「それで、鹿戸さん、これからどうするんです」

「とりあえず、応援を得ようと思って戻ってきたんだ」

「亀山屋敷を張るということですね」

「そうだ」

吾市は苦い顔をした。

「しかし、女はもう二度と戻って来ねえかもしれねえな」

吾市はぽかりと自らの頭を叩いた。

「まったく訪いなんか、入れるんじゃなかったぜ。離れが怪しいって、はなからわかっていたんだ。忍びこんで、不意を衝けばよかったんだよな」

吾市はさらにもう一発、頭に見舞った。

「相手が元大坂町奉行の屋敷だからって、構えちまった。俺は馬鹿だぜ。上方ふうにいえば、阿呆《あほう》だな」

砂吉のことがあるにもかかわらず、吾市の気分が少しだけ爽快だったのは、亀山富士兵衛に関して文之介に先んじることができたからだ。

だが、そのことはもう忘れるべきだな。

吾市は自らにいいきかせた。

今朝はやく、吾市は文之介と勇七とともに深川海辺大工町に足を運んだ。亀山屋敷を張るためだ。

それと、亀山屋敷のまわりに住む者たちに裏づけとなる言を引きだしたいとの思いもあった。

それさえあれば、人相書の女があの屋敷にいたことの証となる。

真之丞が首をつるされ、次いで砂吉が同じ目に遭い、さらに往之助という男が殺されたという、今回の一連の事件の鍵《かぎ》となるのは、その女のような気がする。

だから、女をとらえてしまえば、これまでわからなかったすべてのことが明らかになるにちがいなかった。

女が亀山屋敷にいたかどうかの確認は、文之介と勇七に依頼した。

吾市は、亀山屋敷の格子戸の前に建つ一軒家の蔵の二階を借りて陣取り、そこの小さな窓から見張った。

半刻ほどで文之介と勇七がやってきた。

「まちがいないようです。この人相書の女は亀山屋敷で暮らしていたようです。町内の三人ばかりの者が、姿を見ています。多分、まちがいないとのことでした」

「やっぱりそうだったか」

文之介と勇七はそれで蔵を去り、亀山屋敷の裏に向かった。そこから屋敷を張るのである。

吾市たちは日暮れまで張ったが、人相書の女はあらわれなかった。

明日も屋敷を張るつもりでいたが、昨日、自分が訪いを入れるというしくじりを犯したせいで、吾市は二度と女が戻ってこないのが、やはり確かのような気がした。

くそう。

吾市はほぞを噛んだが、もしやという思いがわきあがってきた。

亀山富士兵衛も同じことを感じているのではないだろうか。どうして富士兵衛は女をかくまったのか。

女に惚れていたのか。かもしれない。

屋敷からはぼんやりとした明かりが漏れ、庭の立木をほんのりと照らしている。明かりが当たったところだけは色がはっきりとし、美しかった。

明かりがついているということは、富士兵衛はいるのだ。

もっとも、あの体ではもはや外に出ることはできないだろう。

一人で大丈夫なのか。飯は食べているのか。厠には行けているのだろうか。

吾市はそちらのほうが心配になってきた。

角を曲がってきた人影が闇のなかにうっすらと見えたから、茂みにひそんでいた文之介はどきりとした。

女が来たのか。

少し離れた林のなかに身を隠している勇七に手を振り、合図を送った。勇七が手を振り返してきた。

「文之介、勇七、どこだ」

文之介と勇七が姿勢を低くしたのとほぼ同時に、ひそやかにきこえてきたのは吾市の声だった。

「ここです」

文之介は立ちあがり、細い道に出た。勇七も姿を見せた。

「おう、そこか」

吾市が急ぎ足で歩み寄ってきた。

「女は帰ってこねえ、二度とな」

それは文之介も感じていた。深くうなずいた。

「どうするおつもりですか」

「一つだな」

吾市が、ついてこいとばかりに顎をしゃくる。文之介と勇七は付き従うような格好になった。

吾市は亀山屋敷の表にまわり、格子戸の前に立った。引手に指をかけ、躊躇《ちゅうちょ》なく格子戸をあけた。

敷石を踏んで、ずんずんとなかへと入ってゆく。

母屋の前に立ち、ここではじめて訪いを入れた。応えを待つことなく、式台にあがり、廊下に出た。

文之介たちは続いた。どこからか薬湯らしいにおいがしている。いや、まちがいなく薬湯だろう。この屋敷のあるじは病身ときいている。

「亀山さま、どちらですか」

声を放ちながら、吾市が進んでゆく。

「その声は、昨日の町方同心だな」

右手のほうからしわがれ声がきこえた。

吾市が廊下を曲がり、声のしたところまで来た。薬湯のにおいはさらに強まった。

吾市が襖の前で足をとめた。

「あけます」

襖を横に滑らせる。薬湯のにおいが濃い霧のように這《は》い出てきて、文之介たちに巻きついた。

部屋は二つの大きな行灯がともされ、調度の影が部屋のなかにできるほど明るかった。これだけ明るいのは、ろうそくもいいものをつかっているからだろう。

枯れ木のようにやせ細った男が、布団に横たわっていた。顔は行灯の光が当たっていないかのように、どす黒かった。すでにほとんど死人の顔をしていた。

「おや、今日は新顔もおるようだな」

文之介と勇七を見ていう。

「まあ、座れ」

吾市が正座し、文之介と勇七もそれにならった。

「三人とも若い顔をしているの。うらやましいわ。それでなに用かな」

吾市が女のことを話した。

「二度も来られてしらを切るのもつらいの。そうだ、この一年ばかり、女はずっとこの屋敷にいた。わしの身のまわりの世話をしてくれた。名をおたまといった」

「どうしておたまはここに」

富士兵衛がわけを説明する。大坂堂島《どうじま》の米の先物取引に絡んでいるやくざ者の金を、持ち逃げしたとのことだ。

「おたまがここに逃げこんできたのは、わしが大坂にいたとき、惚れていたのを知っていたからだろう」

なるほど、そういうことか、と文之介は思った。

「おたまはいくら持ち逃げしたんです」

吾市がきく。

「ほんの三百両にすぎんよ」

ほんの、とはまた大きく出たものだが、この豪奢《ごうしゃ》な屋敷を見ても、目の前の病人が三百両がはした金に見えるほどしこたま貯めこんだのは、疑いようがない。やくざ者とも深いつながりがあったにちがいない。

「ただ、やくざ者は面子《メンツ》をなによりも大切にするからな。面子を潰されたやくざ者が、おたまは江戸にひそんでいると見て殺し屋を送りこむのは、明白だった。だから、わしはかくまった。殺させるわけにはいかなかったゆえな」

富士兵衛が疲れたように目を閉じた。

「もう二度と戻ってこんだろう」

「おたまがどこに行ったか、ご存じですか」

富士兵衛がぱちりと目をあけた。

「知らん」

素っ気なくいった。

「心当たりもありませんか」

「ない」

嘘をいっているように、文之介には見えなかった。

「もし知っていても、わしがいうことはない」

富士兵衛が目を動かして、吾市をじっと見る。二つの行灯が示し合わせたように、じじ、と黒い煙をあげた。

「おたまは、なにかよからぬことを考えている様子だった」

「よからぬことといいますと」

富士兵衛がわずかに首を横に動かした。否定したようだ。そうするのもひどく大儀そうだった。

「わしも知らぬのだ。ただ、その企みは、まちがいなくおたまを破滅に導くような気がしてならなかった。だから、やめておくように強くいさめたのだが、あの女はきかなかった。無念でならぬ」

富士兵衛は、おたまの心を変えられなかったことを、ひどく悔やんでいる。

「よからぬ企みというのは、一人でやろうとしているのですか」

「それもわからぬ」

富士兵衛が苦しげに息をあえがせる。咳きこみそうになったが、かろうじてこらえた。

だが、それだけでかなりの体力を消耗したようだ。

「だが、あの女が一人でできることではなかろう。男がいるような気がしてならぬ。おたまが暮らしていた離れでも、たまに男の気配がしていた。はっきりとした気配はなかったが」

全身の力を振りしぼるようにして、一気にいった。疲れ果てたらしく、すぐさま目を閉じた。

気づいたように目をあける。瞳を動かし、行灯を見る。

「ついていたか」

またまぶたが重くなったようで、うつらうつらしはじめた。

寝息がきこえはじめた。不規則で、いかにも苦しそうだ。

三人で見つめているうちに、富士兵衛の息が不意に途絶えた。

死んでしまったのではないか、と文之介は思った。それは、吾市や勇七も同じだったようだが、富士兵衛のやせこけた胸がかすかに上下していた。寝息も、かすかにきこえている。

文之介たちはなんとなくほっとした。富士兵衛に一礼してから、亀山屋敷をあとにした。

だがじき亀山さまは、亡くなってしまうんだろう。

勇七のつけた提灯を頼りに夜道を歩きつつ、文之介は思った。

誰が葬儀をだすことになるのか。

そのことを吾市にきいてみた。

「娘が婿を取って亀山家を継いでいる。だからそのあたりは大丈夫だろう」

それをきいて文之介は安堵したが、人のはかなさというのを思い知らされてもいる。

あれだけ瀟洒《しょうしゃ》な別邸を金に飽かせて建てても、多分、亀山富士兵衛は誰にも看取られることなく、たった一人で死んでゆくことになるのだから。

それならば、貧乏暮らしでも、大勢の人に最期を見守られて死ぬほうが、どれだけ幸せだろう。

第四章　誇りの十手

一

寝坊した。

決して油断していたわけではないぞ。

急ぎ足で歩きながら、吾市は思った。

一度、目覚めた。布団を出て、雨戸をあけて外を見た。まだ暗かった。東の空は白んでもいなかった。いつもよりはやく起きだしたのだ。

仰ぎ見ると、曇り空だった。雲は今にも雨が降りだしそうな色をしているように見えた。星の瞬《またた》きは、どこを探しても見つからなかった。肌寒さを感じると同時に、大きなくしゃみが出た。

夜明けまで、まだ四半刻はありそうだったので、とりあえず寝床に戻った。

横たわり、目を閉じた。

次に目を覚ましたのは、かまびすしい小鳥の鳴き声を聞いたときだった。

がばっと寝床から起きあがり、再び雨戸から顔をのぞかせた。

すっかり明るくなっていた。信じがたいことに、明け方前に江戸の空を覆っていた雲はすべてなくなっており、果てしなく広がる青さだけが目を撃った。

太陽は隣の屋敷の屋根よりあがっていて、すでに直視できないまぶしさだった。いったい今が何刻なのか、考えるのが怖かった。

部屋に戻って着替えをすませ、吾市は急いで屋敷を出たのだ。

忘れ物はないと思う。長脇差《ながわきざし》は腰に差しているし、十手《じって》は懐のなかで、帯にねじこんである。

しかし、こんなことは年に一度もない。定町廻り同心を拝命して、はじめてのことではないか。

まさかこの俺が寝坊するとは、夢にも思わなかったぞ。

やはり疲れているのか。ここしばらく、砂吉の無念を晴らすために連日、遅くまで働いてきた。

その無理がたたったのか。

きっとそういうことなのだろう。これまで、これだけ必死に働いたことがなかった。

そのつけともいえた。

南町奉行所に着いた。毎日通っている道なのに、今日はひどく遠く感じた。気持ちが焦っているときは、そういうものだ。

長屋門になっている大門の下に入る。同心詰所につながる入口に身を入れた。

詰所に入ったが、誰もいない。全員、すでに町まわりに出かけたのだ。

吾市は、自分の文机の上を見た。一枚の紙がのっていた。

文之介からの伝言だ。亀山富士兵衛の屋敷にいたおたまという女の居場所を探しだす、という決意が披露された置き手紙だった。

俺も続かねば。

文之介と勇七は深川を調べているはずだ。深川とひと口にいっても、ひじょうに広大な場所だから、吾市は自分もそちらに行こうと考えた。

亀山屋敷を逃げだしたおたまが、同じ深川にまたひそむものなのか、別のところにいるのではないか、という思いはあるが、文之介たちとともに深川をしらみつぶしにすべきではないか、との思いのほうが強い。

吾市は詰所をあとにし、大門の下に出た。道を歩きはじめたところで、すぐに足をとめた。

——あれは。

こちらに向かってくる一人の女がいた。急ぎ足だが、泥酔しているかのようにひどくよろけている。

吾市はじっと目をこらした。まちがいない。

お涼だ。

なにか妙な思いを抱いたが、それを考える間もなく吾市は地面を蹴った。ほんの数瞬でお涼のもとに着くはずだったが、もどかしいほどにときがかかった。

「鹿戸さま」

吾市に気づいたお涼がしぼりだすような声を放つ。泣きだしそうな表情をしていた。

どうしてそんな顔をしているんだ。

吾市はようやく駆け寄ることができた。お涼の目尻《めじり》には、涙の跡があった。

「どうした」

そのときには、妙な思いの元がはっきりとわかっていた。

「おひろちゃんは一緒じゃないのか」

いつもともにいるはずの娘がいないのだ。

「それが……」

言葉を途切れさせる。お涼は汗びっしょりだ。息づかいが激しく、今にも地に倒れ伏しそうだ。それも当たり前だろう。深川から駆けてきたのだろうから。男の足でもきついのだ。

「大丈夫か」

吾市は腕を差し伸べたかった。必死の思いで我慢した。

「いなくなってしまったんです」

「おひろちゃんか。どこで」

「家の近くの神社です」

迷子ではないな、と吾市は直感した。

「どういうふうにいなくなった」

しゃべろうとしてお涼が胸を押さえ、咳きこんだ。

「大丈夫か」

吾市はどこかお涼を休ませられる場所がないか、探した。数寄屋橋御門のそばに腰かけがある。どこに行くにしろ、あの門を出ることになるから、お涼をその場に導き、座らせた。

お涼は、こんなところに腰を落ち着けてなどいられないというように、切なげに身もだえした。

「どんなふうにおひろちゃんがいなくなったか、しっかりと説明するんだ」

吾市はいいきかせたが、あくまでもやさしい口調でいった。お涼をおびえさせたくない。

わかりました、といって喉をごくりとさせ、お涼が話しだす。

「朝餉のあと、一緒にいつもの神社に行きました。そこで鞠《まり》をついて、遊んでいたんです。あの子は楽しそうでした。私もあの子の笑顔を見ているだけで、心が弾んでなりませんでした」

吾市は言葉をはさむことなく、じっと耳を傾けている。

「きれいな女の人が近づいてきて、おきみさんじゃないって声をかけられたんです。人ちがいというのがすぐにわかったので、いいえ、と私は首を振りました。すみません、人ちがいでした、といって女の人は頭を下げて去っていきました。私も軽く頭を下げました。鞠がころころと足元に転がってきたので拾いあげ、おひろに渡そうとしたら、いなかったんです」

お涼は気力が尽き果てたように、顔を覆って泣きだした。

かどわかされたな。

吾市は確信した。

しかも、またあの女だ。お涼に、おたまの人相書を見せておかなかったのはしくじりだった。

だが、おたまがはなからかどわかしをするつもりで近づいてきたのなら、お涼一人では結局、どうすることもできなかっただろう。

それにしても、真之丞が殺され、今度は真之丞の子のかどわかしか。

吾市は、泣き崩れそうになっているお涼を見つめて考えた。

これが亀山富士兵衛のいっていた、おたまの企みということになるのか。

いったい狙いはなんなのか。

二

吾市が出仕の刻限に遅れるなど、珍しいこともあるものだ。

文之介は吾市と打ち合わせをしたかったが、姿を見せなかったので、大門の下に出た。

勇七はすでに待っていた。

おはよう、と挨拶する。おはようございます、と勇七が返してくる。

「鹿戸さんはどうしたんですか」

気になったらしく、きいてきた。

「それが来ねえんだ」

「どうかしたんですかね。なにかあったんじゃありませんか」

「心配だが、平気だろう」

「どうしてですかい」

「殺しても死なねえような人だからだ」

「そりゃそうですね」

勇七が遠慮がちに笑う。

「それで旦那、どこに行きますかい」

「鹿戸さんには、おたまを探すって文を書いてきた。深川に行こうと思っている」

文之介は顎をなでた。

「おたまが深川にいるかどうか、正直いえばわからねえ。だが、俺の縄張は深川、本所だからな。土地鑑のあるところを当たるのが一番だろう」

「さいですね」

勇七が同意してくれる。

「よし、勇七、さっそく行こう」

文之介は勇七とともに歩きだした。

永代橋を渡り、深川佐賀町《さがちょう》に入ったところで、旦那、とうしろから勇七が呼びかけてきた。

「あの女の人、大丈夫でしょうか」

「俺も気になっていたんだ」

ほんの五間ほど先の道の脇に立つ松の木に、もたれかかっている女がいた。近づいてみると、走り続けてきたように息づかいが荒いのが知れた。病なのではないか、と文之介は思った。

女は汗をひどくかき、疲れ切ったように目を閉じている。

「大丈夫か」

文之介は声をかけた。

「大丈夫です」

女は目を閉じたまま答えた。目をあけるのも大儀な様子だ。

「医者に連れていこうか」

「いえ、ちょっと休んでいるだけですから、大丈夫です」

「本当か」

「はい」

「そうか。それなら俺たちは行くが、本当に大丈夫なんだな」

「はい」

女は相変わらず目を閉じたままだったが、しっかりとした口調で答えた。

これなら本当に平気だな、と文之介は判断した。勇七もうなずいている。

文之介と勇七は再び歩きだした。しばらく行って振り返ると、女が松の木を離れ、ふらふらと道に出たところだった。

「本当に大丈夫なのか」

文之介は危ぶんだ。しかし女は力を振りしぼるように走りだした。

意外なはやさで、あっという間に雑踏に紛れ、文之介の視界から消えていった。

「あれだけ走れるなら、へっちゃらだろう」

「さいですね」

文之介と同じように危惧《きぐ》の念を抱いていたらしい勇七が安堵の息をつく。

それから文之介と勇七はひたすら歩き続けた。

亀山富士兵衛の屋敷に着いた。ここからおたまの足取りを追うつもりでいる。おたまがこの屋敷を逃げだしたのは夕闇が濃くなっていた時分とはいえ、きっとなんらかの痕《こん》跡《せき》を残しているにちがいない。

「亀山さま、どんな様子ですかね」

勇七が気にしていう。

「のぞいてみるか」

「ええ」

格子戸の前に立ち、訪いを入れようとした。

「なにか用か」

しわがれた声が横からした。

見ると、杖《つえ》をついた富士兵衛が文之介たちのもとにゆっくりと近づいてきたところだった。

文之介と勇七は目をみはった。

「わしが道を歩いているのが、そんなに珍しいか。散歩だよ」

「さようですか」

「散歩など無理と思っていた顔だな。わしも無理と決めていたが、考えてみれば、まだまだ老けこむ歳ではない。おたまに去られて逆に、病などに負けていられるか、という気になった」

しわ深い顔を和ませる。

「これまでわしはおたまに頼りすぎていたようだ。これからは自分の力で、がんばってみようと思っている」

格子戸を入るのかと思ったら、富士兵衛は通りすぎた。

「今度はこっちに行ってみよう。これまでは気に入りの屋敷に閉じこもって、ろくに散策したことなどなかった。なんともったいないことをしたと思っておるよ」

心許《こころもと》ない足取りだが、歩けるのが奇跡としか思えない。昨日は、このまま死んでしまうのではないか、と思ったくらいなのだ。

気の持ちようというのは本当なんだな、と文之介は実感した。

ゆっくりと遠ざかってゆく富士兵衛を見送り、文之介と勇七は急いで屋敷の裏手にまわった。

格子戸からこの屋敷に入った吾市は、おたまとおぼしき女に出合うことなく、庭の離れに着いたといっていた。おたまは屋敷の裏から出ていったと考えるのが自然だろう。

ただ、裏口などはなかった。高い塀がぐるりをめぐっているだけだ。

「本当にこっちから出たのかな」

「出たんでしょう。女でも梯子があればこの塀でも乗り越えられますよ」

「そうか、道具をつかうって手があったな。そこが人と獣《けもの》のちがいだ」

一本の細い道が北へと延びている。深川海辺大工町は、この名の通り、海が間近に迫っている。ここから南に行く道は、半町ほどで切れている。

文之介と勇七は北へと歩きだした。

行きかう人におたまの人相書を見せ、町々の自身番につめている町役人たちにも見せていった。ついでというわけではないが、吾市が出合茶屋の浮草屋そばにある茶店の看板娘の話をもとに描きあげた男の人相書も見てもらった。

おそらくこの人相書の男が、往之助のいっていたところの、上方から来た客にちがいなかった。

亀山富士兵衛の言を加えれば、上方からの客人というのは、おたまの命を狙っている殺しをもっぱらにする者ではないか。

おたまは命を狙われている状態で、なにかよからぬ企みをしているという。それはいったいなにを狙いとしているのか。

富士兵衛の話だと、おたまは男と一緒ではないか、ということだ。

それも何者なのか。やはりその男とともによからぬ企みをしているのか。

今のところ、さっぱりわからない。はやくおたまをとっつかまえて、すべてをはっきりさせたくてならない。

「旦那、上方から来た客人というくらいだから、やはり上方の言葉をつかっているんでしょうか」

「そうだろうな。だが、江戸の町は上方言葉があふれているからな」

なにしろ江戸の有名店《だな》の本店のほとんどは上方にあり、そこから奉公人が送られてくるのだ。奉公人のなかには江戸弁をつかえる者もいるが、多くは向こうにいるときと同様に上方言葉を話している。

「でも勇七、よく気づいたな。上方からやってきている者はお店《たな》の奉公人が多い。みんな、店にかたまって暮らしている。上方からの客人は、きっと一人暮らしじゃねえか。だとすると、しぼりやすいかもしれねえ」

「上方の客人は殺し屋ですね。居場所を突きとめれば、おたまのもとに連れていってくれるということですかい」

「それがちとちがうんだ」

文之介は勇七にいった。

「いいか、勇七。順序立てて話してゆくぞ」

「はい」

「上方の客人は、おそらく真之丞を殺した。砂吉も同じ手口で殺そうとした。首つりに見せかけるのは女の力ではまず無理だろう。殺し屋は首つりに見せかけることで、捕物方に自死と判断させて、探索させないよう仕向けていたんだな。では、往之助を殺したのは誰か」

「誰でしょう。おたまですか」

「おたまかもしれねえが、俺は上方の客人ではないかと思う」

もっと驚くかと思ったが、勇七は冷静な表情を崩さない。

「どうしてですかい」

「真之丞を殺したのは殺し屋でまずまちがいねえ。なぜ殺し屋は真之丞を殺害したのか、そのわけはまだわからねえが、殺されたとき真之丞と一緒にいたのは、おたまだぞ」

「ああ、そうですね。真之丞さんを鴨居につるす暇があったら、おたまを先に殺らなければ話がおかしい」

「そうだろう。しかし、殺し屋は明らかにおたまを見逃した。おたまと殺し屋はできていたんじゃねえのか」

「なるほど。だからおたまの居どころをついに突きとめた往之助を、殺し屋は始末した。こういうことですか」

「そういうこった」

文之介は勇七の言葉に満足して、深く顎を引いた。

「ということは、亀山さまのおっしゃっていた男というのは、殺し屋ですね」

「そうだ。だから殺し屋を追ってゆけば、おたまも見つけられるっていう寸法だ」


日暮れまで文之介と勇七は、殺し屋の隠れ家を探し求めた。

ついに見つけたのは、深川ではなく大横川《おおよこかわ》をのぼっていった南《みなみ》本所石原町《いしわらちょう》だった。

ここには、千代田城《ちよだじょう》の賄《まかな》い方《かた》が多く暮らしている。この町には、賄い方の仕事柄、常に体をきれいに保つ必要があり、公儀の設けた風呂がいくつかある。

ちょっとおかしなしゃべり方をする男だった。上方なまりがあるが、無理に江戸弁をしゃべっているような男とのことだ。

その男が引っかかってきたのは往之助の人相書のほうで、往之助がよく出入りしていた一軒家があるとの話をきけたのだ。

これは、近所の者が数名、往之助の人相書をじっくりと見て証言してくれたものだから、まずまちがいない。

見つけたぞ。

住みかとしては、あまりいいとはいえない場所にあった。ひどく小便くさく、下水のにおいも強く漂っている。家もこぢんまりとしており、かなり古かった。火事に遭わずにここまで生きながらえたという点では、誇れる家ではある。

殺し屋という最も忌むべき仕事を生業にしている男が住むのには、この臭さに関しては、最もふさわしい。

名は誰も知らなかった。きいても、首を振るだけで答えなかったという。だから口がきけないのではないか、と思っていた者も少なくなかった。

この家に男は一年ほど住んでいるという。訪ねてきたのは、ほとんど往之助だけだったようだ。

「旦那、どうしますか。踏みこみますかい」

勇七が、三角の屋根を見せている家を見つめてきいてきた。

「当たりめえだ。ようやくここまで見つけだしたのに、応援を呼んでいる最中に逃げられたらたまらねえ」

「さいですね」

勇七が捕縄《とりなわ》を手にする。

文之介は長脇差の目釘をあらためた。十手を取りだし、異常がないか、確かめた。

「勇七、行くか」

「へい」

家から明かりは漏れていない。人の気配は感じられない。

勇七が文之介の前に立ち、御用だ、と叫び、戸を蹴り破った。板が弾き割れる音がし、戸板が吹っ飛んだ。

真っ暗ななかに勇七が飛びこむ。文之介も十手を構えてすぐさま続いた。

家はもぬけの殻だった。二部屋しかない家だが、荷物は一つも残されていない。

「くそう、逃げたあとか」

文之介は唇を噛み締めた。

ようやく突きとめたっていうのに、また一からやり直しだ。

文之介はすっと顎をあげた。まぶたの裏に、砂吉の顔が浮かんだからだ。

こんなことであきらめてなどいられるか。必ず捕まえてやる。

文之介は勇七にまた走ってもらうことにした。

「ご苦労だが、徳本《とくもと》さんを連れてきてくれねえか。浅草《あさくさ》にいるから、すぐ近くだ。まだ帰ってないといいんだが」

徳本というのは、岩右衛門《いわえもん》といい、奉行所のなかで人相書の達者で通っている。定町廻りでなく、町会所掛《まちかいしょがかり》という役についている。

江戸の町内の用事や祭事、行事のことなどで町役人が集まる場所を町会所というが、町会所掛という役は、そのことに関して働くわけではない。

浅草の向柳原《むこうやなぎわら》に設けられた町会所というものがあり、ここでは七分金《しちぶきん》積み立てというものが行われている。

七分金積み立てというのは、寛政《かんせい》年間に老中松平定信《ろうじゆうまつだいらさだのぶ》が考えだしたものだ。江戸の町の地主が負担している町入用《まちにゆうよう》と呼ばれる町費の出費をできるだけ省き、その切り詰められた分の七割を町会所に積み立て、それをもって窮民を救うことを目的としたものである。町会所は囲籾《かこいもみ》といって、凶作に備えて米を籾のまま蔵に蓄えておくこともしている。

徳本岩右衛門は、この町会所の事務方をつとめているのだ。

「じゃあ、行ってきます」

勇七が西に向かって駆けだす。文之介は、夕闇のなかに溶けるように消えてゆく勇七の姿を見送った。

それからきびすを返し、石原町の自身番に向かった。

上方の男の住んでいた家は、家主から借りていたものだ。

男は、近所の口入屋《くちいれや》の周旋《しゅうせん》で家を借りていたのが知れた。

口入屋のあるじに話をきくと、男が借りたのではなく、往之助が手続きをしたようだ。

口入屋のあるじ自らが請人《うけにん》となって、往之助に貸したのである。

家主の話では、家賃が滞ることは一度もなかったとのことだ。家主のやや残念そうな口ぶりから、かなりいい住人だったらしいのが、うかがえた。

勇七が石原町の自身番に戻ってきた。徳本岩右衛門を連れてきている。

ほっと息をついた文之介はさっそく外に出て、勇七と岩右衛門を出迎えた。

三

おひろの行方《ゆくえ》知れずがかどわかしを目的とするものなら、おたまたちは金が目当てだろう。

それしか考えられねえ。

吾市は一人、うなずいた。

それには金を引きだす相手が必要だ。

金は誰が持っているのか。

一人しか思い浮かぶ者はいない。

そういうわけで、今、吾市は金貸しの多湖屋《たごや》従兵衛《じゅうべえ》のところにやってきた。従兵衛は死んだ真之丞の父親である。

吾市が会うのは、二度目だった。一度目は、真之丞が鴨居に首をつるされたときだ。

もっとも、あのときは自ら死を選んだと吾市は思っていた。

だから、せがれが自死するはずがありません、殺しとして探索してください、という従兵衛の言にろくに耳を傾けなかった。

従兵衛は吾市に対し、いい感情は抱いていないだろう。

しかし、そのことは率直に謝り、今なにが起きているのか、確かめることが必要だ。

吾市は従兵衛に会うやいなや、すぐさま真之丞の死について謝罪した。

「すまねえ。俺が、おまえさんの言葉を信じていたら、こんなことにはならなかったかもしれねえ」

従兵衛はしらっとした顔をしている。

「今さら謝っていただいても困ります」

「すまねえ。おまえさんのいう通りだ。しかし謝らせてくれ」

吾市は頭を下げたが、従兵衛はあさってのほうを見ている。

仕方ねえだろうな、と吾市は思った。俺が悪いんだ。俺だってあんな扱いを受けたら、こんなふうになっちまうだろう。

吾市と一緒に来たお涼は、困惑顔だ。

「おまえさん、ここは一人でやっているのか」

吾市は顔をあげて従兵衛にきいた。

「ええ、そうです」

「度胸が据わっているんだな」

「そんなことはありません。他人が信用できないだけです」

「だから、人を雇わないってことか」

吾市は今、がっちりとした格子戸をはさんで従兵衛と話をしていた。蔵のなかのようにひんやりと薄暗く、かすかにかび臭さがある土間に突っ立ったままだ。背後のお涼も同じである。

「ところで、町方の俺がここまで足を運んだのはおまえさんに謝罪するためだけじゃねえ。もうわかっているだろうが」

従兵衛が首をひねる。

「さて」

「とぼけなくてもいい。大事な孫のことだ」

一瞬、従兵衛の眉がぴくりと動いた。

「孫がどうかいたしましたか」

「かどわかされた。それでおまえさんのところに、身《み》の代《しろ》の要求が下手人からあっただろう。ちがうか」

従兵衛は平然としている。

「なんのお話でしょう」

「どうしてしらを切る」

「切ってなどおりません」

「町方など、信用できねえか」

「そのようなことはありません」

「しかし、そのかたくなな顔が、まかせられるかっていっているぜ」

「そのようなことはありません」

吾市は顎をなでた。

「ここに入るのに、俺なりに気をつかったつもりだ。だからこうして身なりも変えているんだ」

浪人のようななりをしている。途中、一軒の古着屋に寄り、吾市はこんな格好になったのだ。

「なかなかお似合いにございますよ」

いわれて、吾市は小さく笑った。

「少しは気持ちがほぐれてきたか」

「もともと気持ちはほぐれっぱなしでございますよ」

口調は柔らかだが、従兵衛の表情はかたかった。

「そういうふうには見えなかったが」

仕方ないな、と吾市は背後のお涼を振り返った。

お涼が一歩、二歩と踏みだす。じり、と土が鳴った。格子戸に両手をかけ、顔を突きだした。

「お義父《とう》さま、おひろがいなくなってしまったんです」

「それはさっききいた」

「おひろはかどわかされたようなんです」

「それもきいた」

「おひろをかどわかした者から、身の代を求められていないんですか」

わずかに間があいた。

「ああ」

「まことですか」

「まことだ」

従兵衛は厳しい表情を崩さない。

「お義父さま、おひろのことが心配ではないんですか」

「心配だ」

「だったら――」

「お涼」

従兵衛が焦《じ》れたように呼びかけた。

「案ずることはない。わしにすべてまかせておけばいいんだ」

どっしりとした態度で、もし吾市がお涼の立場だったら、すべてをゆだねたくなるような威厳に満ちあふれている。

吾市は舌を巻いた。とても素人とは思えない。

いったい何者だい。

大事な人をかどわかされたとき、下手人から、町方に届けたら人質を殺すといわれた者は、結局は不安に勝てず、ほとんどが町方に知らせを走らせるものなのだ。

だが、目の前の金貸しはちがう。自分で解決しようという気が満々だ。

長年金貸しをやっていて、修羅場を何度もくぐっているということか。

さらに、年寄りということもあって、はなから身を捨ててかかっている雰囲気が、びんびんに伝わってくる。

だが吾市は、それだけでないなにかを感じ取っている。

いったいそれはなんなのか。

まさか。

いや、今はまだ先走るまい。

吾市は自らを戒《いまし》めた。

もうおたまたちは、従兵衛に金を要求したのか。

おそらくしたにちがいない。

だが、従兵衛の口をひらかせるのは、もはやむずかしい。

ここはいったん引きあげ、多湖屋を見張るしかない。

従兵衛が金を運ぶことになるのだろう。おたまたちがどれだけの金を要求してきたか定かではないが、千両箱の一つや二つはほしいに決まっている。

かどわかしは死罪だ。命を懸けているのに、そのくらいの金を要求しなければ、割が合わない。

もちろん割が合う犯罪などないのだが、金しか目に入らず、熱くなっている者たちにはそのことはわからない。

吾市は横にいるお涼を見た。

「引きあげよう」

「でも——」

「今は仕方ねえ」

お涼が目を土間に落とす。

「承知いたしました」

吾市はお涼の柔らかな背中を押して、かすかに揺れている暖簾を外に払った。

風が吹いてきて、吾市の着物の裾を払った。肌寒さを感じた。

「おひろ」

お涼が両手で顔を覆い、嗚咽《おえつ》しはじめた。

慰《なぐさ》めたかったが、吾市には言葉が出てこなかった。

さて、どうするか。

一人で多湖屋を見張るのは、さすがに心許ない。

応援が必要だ。

人なつこい笑みが脳裏に浮かんできた。さらにもう一人、その横で渋い顔をした者がいる。

あの二人しか頼める者はいねえな。

吾市は強く思った。

応援は何人もいらねえ。あの二人がいればいい。頼りになるやつさえいれば、それで十分だ。

四

南町奉行所にもどってきたときには、すっかり日が暮れていた。

奉行所を再建する槌音もきこえてこない。だいぶ骨組みができており、濃くなりつつある闇のなかにうっすらとした影が浮いて見えている。

「鹿戸の旦那、今日、来たんですかね」

勇七が文之介にきく。今日一日、吾市のことをずっと気にしていたようだ。

「来たと思うが、ちょっと待っててくれ。確かめてくる」

文之介は、大門の下にある入口に身をくぐらせようとした。

「旦那」

その前に勇七に呼ばれた。文之介は、なんだ、と顔を向けた。

「旦那に用事とのことです」

勇七が一人の男を手で示した。見たことのない男だ。よほど急いでやってきたようで、荒い息を吐いている。顔は熱い湯に浸《つ》かったように赤かった。

文之介は男に歩み寄った。

「おめえさんは」

男が一礼する。

「元赤坂町《もとあかさかちょう》の自身番からまいりました」

息の荒さは変わらなかったが、はっきりとした口調でいった。一通の文を差しだしてきた。

文之介は勇七とともに元赤坂町にやってきた。

吾市からの文を読み、なにが起きたか、覚《さと》っている。すでに身なりは変えていた。文之介は浪人で、勇七は職人だ。勇七はいなせで、なかなか似合っていた。

「あそこです」

多湖屋からおよそ半町をへだてて、元赤坂町の自身番の小者が場所を伝えてきた。すでに店は閉まっているようだが、向かいが一膳飯屋《いちぜんめしや》で、明るい提灯を二つ、店の前に掲げている。その明かりで、多湖屋の構えはよく見えた。

道行く者はかなりいるが、多湖屋に目を向ける者はいない。怪しい人影は見当たらなかった。

「鹿戸さんはどこにいるんだ」

「はい、向かいの一膳飯屋にいらっしゃいます」

「それで、俺たちは多湖屋の背後にまわればいいんだな」

「はい、さようにございます」

「わかった。おまえさんはこれで引きあげてくれ」

「承知いたしました」

元赤坂町の自身番の小者は行きかけたが、足をとめた。

「あの、いったい多湖屋さんでなにが起きているのでございましょう」

文之介は微笑してみせた。

「そいつは残念ながらいえねえんだ。すまねえな」

「さようでございますか。なにかお役に立てればうれしいのですが」

「気持ちだけ受け取っておくよ」

「承知いたしました。ではこれにて失礼いたします」

小者が去るのを見てから、文之介と勇七は一本の路地に入り、最初にぶつかった道を左に折れた。

半町ほど進んで足をとめた。

「ここが裏口だな」

文之介は五間ほど先に路地が口をあけているのを見つけ、そこにひそんだ。

勇七は道を戻り、道脇に生えている松の大木を登りはじめた。勇七の姿は、闇のなか、木と一緒になって、どこにいるのか見えなくなった。

これでいい。

文之介は心でうなずいた。

これで多湖屋のあるじの従兵衛が表から出ても裏口を選んでも、しっかり対応することができる。

どのくらい待ったか、文之介は考えた。もう五つはまちがいなくすぎている。先ほど鐘が鳴ったばかりだ。

従兵衛はなかなか出てこない。もう表から出ていってしまったのではないか、と思えるが、吾市から合図の指笛はない。

もし裏口から従兵衛が出てきたら、こちらからも指笛を鳴らすことになっていた。文之介はできないので、その役は勇七に与えられている。

それからさらに四半刻ばかりたったと思える頃、多湖屋のなかで、木のきしむような音が鳴った。

むっ。

文之介は身構えた。松の木の上で、勇七も同様だろう。

裏口が静かにあき、そこから人影が出てきた。小さな荷車《にぐるま》を引いている。荷車の梶《かじ》棒《ぼう》に提灯をぶら下げていた。

来た。

文之介は緊張し、喉がからからになった。これからが勝負だった。

荷車は文之介のほうにやってきた。文之介は下がり、路地の奥に身をひそませた。なにも気づくことなく、荷車は文之介の前をすぎていった。

荷車には筵がかけられ、縄でがっちりと縛られていた。いくつもの千両箱を積んでいるらしい盛りあがりが見て取れる。優に一万両はあるのではないか。

引いているのは従兵衛本人だろう。多湖屋にはほかに奉公人がいないことが、吾市の文には記されていた。

文之介は荷車が十分に遠ざかったのを音で確かめてから、路地から顔をだした。勇七がいる松の木に向かって手を振った。

ひゅっと鋭い指笛の音が、大気を裂《さ》いた。

指笛はただ一度。果たして吾市に届いたものか、心許ないものがあるが、何度も吹くわけにはいかない。

文之介は暗がりを選んで道を歩きだした。荷車との距離は十間ほど。梶棒の提灯のおかげで、まず見失うことはない。

すぐに背後に勇七がついたのが、気配で知れた。

いったいどこに行くのか。

文之介の胸は痛くなってきた。もしこれをしくじれば、おひろは幼い命をなくしてしまうかもしれない。その重圧が、文之介にのしかかってきていた。

大丈夫だ、案ずるな。勇七もついているじゃねえか。

文之介は、脳裏に巣くう不安の黒雲を取り払うことに力を注いだ。

今はおのれを信じるしかなかった。定町廻り同心として長いことつとめているわけではないが、これまでさまざまなことを経験してきた。命を失いかけたことだってある。年配の同心に負けぬほど、修羅場も数多くぐってきた。

だから大丈夫だ。

不意に、どうしてか丈右衛門の顔が浮かんできた。

文之介、と笑いかけてきた。おまえは腕利《うでき》きだ。心配はいらないよ。

まことですか。

声をだしそうになった。文之介はあわてて口を押さえた。

なぜ父が出てきたのか、わからないが、文之介の気持ちは本当に落ち着いた。

よし、やれる。

文之介たちが歩く道の反対側から、かすかに足音がきこえてきた。確かめるまでもなかった。吾市が追いついたのだ。

よかった。

文之介はちらりと吾市を見た。吾市も文之介たちと同じように、軒下などの暗がりを進んでいる。


一度、荷車を引く従兵衛は細い路地を右に折れた。

文之介たちはどうするか迷った。すぐに路地に入るか、少しとどまって様子を見るか。すぐに従兵衛が路地を出てきた。首をかしげており、道をまちがえたような風情に見えた。

荷車の追跡は勇七と吾市にまかせ、文之介は路地を調べてみた。

左手に用水桶《ようすいおけ》が置いてあるだけの路地で、商家の塀に両側からはさまれていた。路地の奥はさらに暗さが際立っており、この道がどこに通じているのか、文之介にはさっぱりわからなかった。

今の従兵衛の動きに、なにか意味があるのか。

一応、用水桶の周辺も探った。

だが、なにも置かれていなかった。

文之介は路地を出て、荷車を追った。轍《わだち》にきしむ音が、静かな夜の大気を抜けてははっきりときこえてくる。追いつくのに、なんの苦労もなかった。

おかしいな。

赤坂近辺にはあまり土地鑑はないが、いつしか従兵衛が元赤坂町のほうに戻ろうとしているのに、文之介は気づいた。

どういうことだ。

わけがわからないうちに、従兵衛の引く荷車は元赤坂町に入り、結局、裏口をあけ、なかに引っこんでしまった。

従兵衛はおよそ半刻ばかり、荷車をただ引いていただけだった。

どういうことだ。

文之介はあっけにとられた。勇七と吾市も同じだろう。

今の動きになにか意味があったのか。

ないわけがない。

従兵衛はいったいなにをしたのか。

一人で悩んでいても、答えは出そうになかった。

文之介たちは、半刻前に文之介がひそんでいた路地に集まり、どういうことなのか、相談した。

「わからねえな」

吾市が首をひねる。

「俺たちが気づかれ、取引をしないってことをおたまたちが従兵衛に知らせたか」

「どこで」

「あの路地だ」

吾市は、路地に入った従兵衛がまちがえたようなそぶりをしてすぐに出てきたあのことをいっている。

「文之介、なにか気づかなかったか」

「申しわけないですが、それがしにはわかりませんでした」

「そうだろうな。あの暗さでなにか見つけろというのは、ちと無理だ」

吾市が顔をあげて、文之介と勇七を交互に見つめた。

「だが、俺には従兵衛があそこでなにかしたのではないかという疑いをぬぐい去ることができねえ」

文之介も同感だった。あのとき以外、従兵衛の姿が一瞬たりとも見えなくなったときはなかったのだ。

あの場所に行くか。

文之介は思ったが、今から行ったところでなにも得られるはずがない。

くそっ。

文之介は唇を噛むしかなかった。出し抜かれたのだ。

「文之介、勇七、行くぜ」

吾市が急ぎ足で路地を出てゆく。

「どこへ」

「決まっている。従兵衛に会うんだ」

吾市が裏口を叩こうとしてとどまった。あいていた。

吾市が戸を押しあけ、多湖屋の敷地に足を踏み入れた。文之介と勇七も続いた。

裏庭に、荷車が置いてあった。筵は縄で縛られたままだ。

そばに従兵衛がいて、夜空を見ていた。星がきらきらと瞬いている。三日月が低い空に浮かんでいた。

「見せてもらうぞ」

吾市が荷車の縄を解きはじめた。従兵衛がそれをとめることはない。

「あっ」

吾市が声を漏らす。

文之介も目をみはった。勇七は声をなくし、立ちすくんでいる。

荷車に置かれていたのは、千両箱ではなく、いくつかの小箪笥だった。

吾市が一つを手に取る。軽々と持ちあがった。

「空か」

つぶやいて放り投げた。小箪笥が軽い音を立てて土の上を転がり、小さな花壇の前でとまった。

「従兵衛」

吾市が歩み寄る。

「これはいったいどういうことでえ」

従兵衛はなにも答えない。

吾市が胸ぐらをつかみ、同じ言葉を繰り返した。

だが、従兵衛はまったく動じない。

吾市がこれ以上いっても無駄とばかりに手を離した。

「従兵衛、おめえ、いったい何者だ」

従兵衛が襟元をそっと直す。軽く咳払いした。荷車に寄り添うように手を置き、静かに口をひらいた。

「金さえだせば、無事に返すとのことなんで。孫のためなら、あんな金なんかいらない。お気を悪くしないでおくんなさい」

「あんな金だと。どういう類の金だ。おたまに渡したのか」

吾市が従兵衛をにらみつける。

「どうやったんだ」

しかし従兵衛はまた、だんまりに戻ってしまった。脅そうがおだてようが、もはや口をひらかせるのは無理だった。

五

「やったわね」

おたまはうれしさを隠しきれない。頬がゆるみ、いつもの色っぽさは消えて、どこか年端《としは》のいかない娘のような表情になっている。

「ねえ、それ、本物かしら」

「本物に決まってる」

空の荷車を引きながら、喜蔵には確信があった。従兵衛は孫のおひろがかわいくてならない。まさに目のなかに入れても痛くないのだろう。

その子を人質にされて、本物をだしてこないはずがなかった。

喜蔵はうしろを気にした。自分の引く荷車以外で、なにかきしむような音がきこえたような気がしたからだ。

「なに、誰かついてくるの」

喜蔵はじっとうしろを見た。かぶりを振ってみせる。

「いや、誰もついてきちゃいねえよ。ただ用心のために見ただけだ」

「そう、よかった」

おたまは胸に手を置き、安堵の色を一杯にあらわしている。

「ねえ、あんた、その絵図、もう一度よく見せてよ」

無言で喜蔵は手渡した。この絵図は、従兵衛がすぐに引き返した路地に置いたものだ。商家の塀の下に差しこんでおくように、多湖屋に届けた最初の文で命じてあり、従兵衛はそれにしたがったにすぎない。

「ねえ、どのくらいあるのかしら」

「一万両はくだらねえはずだ」

「そんなに」

「当たり前だ。大泥棒だった従兵衛が貯めに貯めこんだ金だぞ。あの男はその一部をつかって、金貸しをはじめたにすぎねえ。残りはせがれの真之丞に贈るつもりでいたのかもしれねえな」

「ふーん、そうだったの」

喜蔵はおたまを見た。

「そうだったの、って前にそのことは話したはずだぞ」

「そうだったかしら。あたし、忘れちまったわ。でも、本当にここに書かれているところにあるのかしら」

おたまが瞳をきらきらとさせる。その輝きは、喜蔵の手にしている提灯しか明かりはないにもかかわらず、はっきりと目にすることができた。

やっぱりいい女だぜ。

喜蔵は欲情してきた。だが、こんなところではどうしようもない。

「あるに決まっているさ。おたま、もうじきだぜ」

「ほんと」

「本当さ」

今、喜蔵たちが歩いているのは、麻布竜土町《あざぶりゅうどちょう》だ。

夜がだいぶ更け、行きかう者は少ない。滅多に他の提灯と行き合うこともない。

この町に長善院《ちょうぜんいん》という曹洞宗《そうとうしゅう》の寺がある。

従兵衛の絵図によると、この長善院の境内には大欅《おおけやき》が植わっている。その大欅の裏側の根本に金は埋められているとのことだ。

「ねえ、すぐに見つかるかしら」

「多分、大丈夫だろう」

「どうして」

「絵図をよこしな」

おたまは素直に手渡してきた。喜蔵は提灯の前にかざした。

「いいか、この絵図から見て、長善院というのがたいして大きな寺でないらしいのは、はっきりしている」

「へえ、そうなの」

おたまがのんびりとした声をだす。

女ってのは、どうして絵図とか地図がまったく読めねえんだ。それが女って生き物なんだろうぜ。

「そうだ。長善院はおそらくちっぽけな寺なんだろう」

「ねえ、あんた」

喜蔵はおたまの顔を見た。今度は一転、案ずる色が面に出ている。

「もう誰かに掘られちまったなんてこと、ないかしら」

「考えられねえことはねえ」

「いやだ、そんなの」

「あるのを信じるしかねえな。俺はきっとあると信じている」

「あんたって、意外にのんきなのね」

「そうでもねえさ。のんきなら、俺の生業でこんなに長く生き延びられるはずがねえ」

「殺し屋って、そんなにはやく死んじまうものなの」

「そりゃそうさ。大金を一気に得られるが、その分、危険も大きい。獲物に返り討ちにされたり、依頼主からだまし討ちに遭ったり、町方に捕まったりするからな。長生きできるほうが不思議だ」

「あんたはいつか隠居するの」

「もちろんだ。すぐだぜ。従兵衛の金をいただいたら、隠居だ」

「あら、そのつもりだったの」

「当たり前だ。だからこそ、ずいぶんとかわいがってもらった谷三郎の親分を裏切ったりもしたんだ」

金を手に入れたら、どこかに土地と家を買い、ひっそりと暮らすつもりでいる。

それこそが、昔からの願いだったような気になっている。

おたまが一緒に暮らしてくれるか。それが喜蔵の一番の気がかりだ。

もしおたまがいないのだったら、そんな暮らしはまったく意味がない。つまらないことこの上ないだろう。

ただ、きくのが怖かった。断られるのではないか。

おたまは派手な暮らしが好きだからだ。大坂で三百両という金を谷三郎からくすねたのも、役者買いが大好きで、金が続かなくなったからだ。

その三百両でおたまは役者買いを続ける気でいたが、谷三郎に金を盗んだことを知られ、あわてて大坂をあとにせざるを得なくなったというのが真相だ。

断られたら、どうするか。

喜蔵は考えた。

殺してしまうかもしれない。ほかの男に抱かれるおたまを見るのは、もういやなのだ。

「ねえ、これじゃないの」

おたまが左手にあらわれた塀を指さす。塀は十間ほど続いたところで山門に突き当たる形で途切れていた。

喜蔵とおたまは山門の前に立った。提灯をかざすまでもなかった。夜目の利く喜蔵にははっきりと見えた。

山門に掲げられた扁額《へんがく》に、長善院と墨書されていた。

山門はかたく閉じられている。荷車を入れることはできない。寺の西側が道になっており、そこに喜蔵たちは入った。こちらも塀が延びていた。

たいして高い塀ではない。

「おめえはここで待ってな」

不満顔のおたまを横目に、鋤《すき》を手に喜蔵は塀を乗り越えた。

やはりせまい境内だ。人けはなく、ときおり吹く風が、小さな竜巻のような土煙をつくりあげてゆく。いつしかかなり強い風が吹き渡るようになっていた。

ここからだと、左に屋根の高い本堂があり、正面にちんまりとした庫裏《くり》が見えている。右側に古そうな鐘楼《しょうろう》が建っていた。

大欅はすぐにわかった。鐘楼のすぐそばに、一際、太い木が茂っていた。

あれだな。

胸の高鳴りを無理に抑えて、喜蔵は境内を横切り、大欅に近づいていった。

欅はさすがに太かった。大の大人五人が手をまわしても届くかどうか。

欅の裏にまわり、鋤をつかって土を掘りはじめた。

土はかたく、なかなか掘り進められなかったが、喜蔵は気にならなかった。むしろゆっくりとしか掘れないのが、楽しかった。こういうのはじっくりと楽しんだほうがいい。焦ることはない。

「どう」

いきなり声が降ってきて、喜蔵はどきりとした。だが、その思いは表情にだすことはない。

「待ってろっていっただろうが」

「だってつまらないんだもの。それに、気になるに決まってるじゃない」

息をついて喜蔵は鋤を振るい続けた。

やがて、鉄の鳴る音がした。二尺ばかり掘り進めたときだ。

「あったの」

おたまがきく。

「ああ」

手応えからして、千両箱にまちがいなかった。

喜蔵は慎重に鋤をつかった。

千両箱が姿を見せた。喜蔵は腰を落とし、ぐっと持ちあげて、おたまの足元に静かに置いた。

喜蔵は千両箱をあけた。黄金色が目を打つ。小判がびっしりと詰まっていた。

「きれい」

おたまが、あたりをはばからない声をあげた。

「静かにしろ」

「ごめんなさい」

舌をぺろりとだす。

そんなところもかわいい女だ。

喜蔵はおたまを喜ばせたい一心で、さらに鋤を振るった。

千両箱は全部で十一箱あった。

「すごいわ。一万一千両ね」

「よし、運ぶぞ」

といっても、おたまに千両箱が持てるはずもなく、喜蔵が十一箱を運びだし、荷車に積みあげた。塀を越えるときが最もたいへんだったが、なんとかやり遂げた。

最後の一箱を積んだとき、喜蔵は息も絶え絶えになり、地面にふらりと倒れこみそうになった。

「大丈夫」

おたまがきいてきた。

「平気だ。さあ、帰ろう」

喜蔵は満足の思いで一杯だった。

これで俺も引退ができる。この金がある限り、おたまもきっと離れていくことはないだろう。

荷車を引いて隠れ家に戻った。ここはこの前まで住んでいた家とはちがう。あの家は往之助が口入屋に周旋を頼んだものだが、これは自分で手配した。この家のことは、往之助も知らなかった。

家に帰ってきたのは、四つになる寸前だった。

喜蔵は家の庭に荷車を引き入れて、戸を閉めた。

ほっと息をつく。

やった、との思いが湯に浸かったかのようにじんわりと心を占めてゆく。

千両箱を家のなかに運び入れた。塀がないので長善院のときよりずっと楽だったが、それでもきつかった。

喜蔵は居間の畳の上に横たわった。解き放たれたような思いだ。

「お疲れさんだったわね」

居間にやってきたおたまが、腕や足腰をもんでくれる。こんなのは、はじめてのことだ。やはり機嫌がいいのだ。

「ずいぶんとうめえじゃねえか」

このままうとうとと眠りこんでしまいそうなくらい、気持ちがいい。

「当たり前よ。亀山さまにだいぶ鍛えられたもの」

「そうか」

喜蔵は、背中に馬乗りになっているおたまを振り返って見た。

「娘はどうしている」

「おとなしくしてたわよ」

「飯はやったか」

「やったけど、食べないわ。それに猿ぐつわと目隠しをはずすの、面倒くさいもの」

「そうか」

喜蔵は積みあげられた千両箱を、目を細めて見た。重みで畳が沈んでいる。

「どうせ明日、返すからな、やらなくてもかまうまい。人というのは、数日ばかし飯を抜いても、死にやしねえ」

六

文之介には、どうやって従兵衛とおたまたちが金のやりとりをしたのか、さっぱりわからない。

もしあの路地で取引が行われたとしたら、為替手形《かわせてがた》のような紙でのことだろう。

仮に為替手形として、おたまたちが再び上方に行き、為替手形を換金したら、文之介たちがとらえるのは無理だが、確実に足がつき、上方の町奉行所がおたまたちをとらえることになるだろう。それは上方でなくても同じことだ。日本全国に手配がまわることになるからである。

そのくらいのことはおたまたちも知っているだろう。となると、もっと別の方法を取ったことになるのか。

だが、それはさっぱりわからない。吾市が責めるように厳しくきき続けたが、従兵衛は相変わらず黙りこくったままだ。

今、文之介たちは多湖屋の裏庭にいる。夜が明けつつあり、東の空が白んできた。ついに徹夜しちまったか。

文之介は軽く息をついた。眠気はまったくない。ただし、体には徹夜をしたとき特有のだるさがある。

文之介は伸びをした。うしろで勇七も同じことをした。

体を柔らかくしておくことは、大事なことだ。一瞬のはやさがちがうのだ。その一瞬が命取りになることもある。

もし本当に金を手に入れているとして、と文之介は思った。おたまたちにはおひろを返す気があるのか。

たいていのかどわかしの場合、人質が無事に戻されるというのは、滅多にない。今回は果たしてどうだろう。

おひろという娘に文之介は会ったことがないが、なんとしても無事に帰ってきてほしかった。

朝日があがり、隣家の屋根越しに光が射しこんできた。小箪笥の載せられた荷車が、どこか眠りこんだような空気を漂わせて庭の隅に置かれているが、日を浴びて白く輝きはじめた。

文之介はふと気づき、そばにいる吾市にきいた。

「お涼さんはどうしているんです」

「このなかさ」

吾市があくびをこらえたような顔で、多湖屋の建物を指さした。

「そうでしたか」

きっと、眠れぬ一夜をすごしたにちがいない。

時刻が六つをすぎた頃、さすがに眠気が襲ってきた。

文之介は首を振り、しゃんとしようとした。それにしても、ただおひろの帰りをじっと待っているというのは、やはりつらい。

文之介としては動きたかったが、どうしたらいいという知恵は浮かばない。

起きだした人々が立てるさまざまな物音が耳に届く。味噌汁のにおいが漂っている。物売りの声があたりに響く。それに応えるように物売りを呼ぶ女房の声がきこえた。家の前を掃いているのか、ほうきをつかう音もしている。

江戸は目覚め、今日も一日がはじまろうとしていた。

六つ半をまわって、文之介の眠気は頂点をすぎたか、少しはおさまってきている。

多湖屋が面している表通りだけでなく、こちらの裏通りも、かなりの人が行きかっている。

「旦那」

うしろから勇七が呼びかけ、文之介の隣に来た。

「今、声がしませんでしたか」

「なんの」

「店の表のほうです。誰か訪ねてきた声がしたような気がします」

「本当か」

これは吾市だ。

「はい」

「勇七の耳は抜群なんで、まちがいないでしょう」

「文之介、行ってみるか。誰が来たのか、気になる」

文之介たちは裏口を出て、表通りにまわった。

多湖屋の前に人がいた。男が二人だ。身なりはよく、いかにも堅気《かたぎ》という雰囲気をまとっている。おひろをかどわかした犯人には見えない。多湖屋の客だろうか。閉めきられた戸に設けられた小窓を通じて、なかの従兵衛と話をしているようだ。

「何者だい」

ぼそりとつぶやき、吾市が近づいてゆく。

「おっ」

吾市が声を放つ。そのときには文之介も気づいていた。勇七も同じだ。

二人の男の陰に、小さな女の子がいる。

「おい」

吾市が足早に近寄り、男たちに声をかけた。

「な、なんですか」

二人の男が警戒の心をあらわにし、後ずさる。

それで吾市は、自分が浪人の格好をしていることに気づいたようだ。懐から十手を取りだした。

「俺たちはこういう者だ。わかるな」

「はい、ご苦労さまにございます」

二人があわてて頭を下げる。

「おめえたちは何者だい」

元赤坂町の自身番に詰めている町役人だという。

「その子は」

吾市が女の子に目を向けていう。

「おひろだな」

「ご存じなのですか」

「もちろんだ」

吾市が力んでいった。

文之介は、おひろの胸のところに小さな木の札が紐でつるされているのを見た。

元赤坂町多湖屋ひろ、と記されていた。字は新しかった。下手人が書いたものにちがいない。

おたまたちはこの近くまで来て、おひろを解き放ったのか。

とにかく無事でよかった。

文之介の心に安堵の波が静かに広がってゆく。

店のくぐり戸があき、女が飛びだしてきた。文之介ははじめて見たが、これがお涼だろう。

「おひろっ」

叫ぶようにいって、地面に膝をついて我が子を抱き締めた。おひろが、おっかさん、と抱き返す。

二人とも激しく泣いている。

従兵衛も出てきて、二人を見ていた。にこにこと笑っているが、うっすらと涙も浮かべていた。

それだけを見ていると、どこにでもいそうな好々爺《こうこうや》のように感じられるが、これまでの物腰からして、そうでないことはもはや明らかだ。

どこからか手習の声がきこえた。舟の櫓《ろ》の音もきこえた。もぐさのにおいもしていた。

これは、吾市がおひろからききだした事柄だ。監禁されていた家のことである。

神社でかどわかされたあと、おひろはすぐに目隠しをされたという。その後、どこかの家に連れてこられ、手足に縛《いまし》めをされ、猿ぐつわを嚙まされていたとのことだ。

「おひろを無事に返したということは、すでに隠れ家は移したということかな」

吾市が文之介と勇七にいった。

「それがしにはわかりませんが、もしかすると、おたまたちはそのままその隠れ家にいるということも考えられます。目隠しは、家を覚えられたくないということを意味するのでしょうから」

「そうか、なるほどな」

吾市がうなずく。数羽の小鳥が喧嘩でもしているように激しく鳴きかわしながら、頭上を飛び去っていった。

文之介たちはまたも多湖屋の裏庭にいた。荷車は今もだしっぱなしだ。

従兵衛がおたまたちとどういう取引をしたのか、それはいまだにわからない。従兵衛は一切話そうとしない。話せば、自らの暗部を語ることになり、命に関《かか》わることを知っているのだろう。

「文之介、ここは徹底して探すしかねえな」

吾市が決意をあらわにいった。

「おひろが命を賭《と》して持ち帰ったものを、無駄にはできねえ」

七

近くに手習所があり、川が流れ、鍼灸《しんきゅう》所がある。

この三点がそろっているところがこの江戸にはどのくらいあるか。

水運は江戸にとって、最も重要なものといえるかもしれない。町中、至るところに水路がめぐらされ、櫓の音が絶えることがない。もし水運がなくなったら、江戸の町人たちはすぐに干あがってしまうにちがいなかった。

しかし、いくらそういう場所が数多くあろうと、探しだすしか道はなかった。

文之介たちや吾市だけでなく、南町奉行所の総力を集めるかのように、そういう場所を徹底して探した。

実際に、近くに手習所があり、鍼灸所があり、川が流れてときおり櫓の音をさせて舟が行きすぎる場所はそこら中にあった。

だが、怪しい男女の二人組が住む家がなかった。

いや、あることはあった。ありすぎて、調べるのに逆に手間取った。

江戸には無数のわけありの二人がいることが文之介にはわかったが、ふつうの夫婦なのに、そういう疑いの目で見ると、妙な二人に見えてしまう。

そういうことも多々あって、探索は難航した。


どういうことだろう。

夜になり、文之介は自室に布団を敷き、横たわっていた。

おひろが帰ってきてから、すでに三日がすぎた。

しかし、おたまたちの手がかりはまったくつかめない。

おかしいな。

南町奉行所の者が総出で当たったのに、どうして見つからないのか。

どうすれば、そこまで巧妙に身を隠せるものなのか。

それとも、もう江戸を離れてしまったのだろうか。行くのなら上方かもしれないが、大坂堂島の米の先物取引相場には、谷三郎というやくざ者がいる。もし行けば、おたまと殺し屋は確実に始末されるだろう。

それとも別のところに行ったのか。

それもちがうような気がする。二人は江戸で暮らすために、大金を手に入れたのではないか。

江戸は金さえあれば、どうにでもなる町だ。二人は江戸にとどまっている。そうとしか考えられない。

だが、どこにいるのか。

どうしてか、丈右衛門の顔が脳裏に浮かんできた。

今、父は同じ屋根の下で寝ている。お知佳とお勢が一緒だ。文之介の縁談のために、藤蔵と密に打ち合わせをしているようだ。

ありがたかった。

丈右衛門は最近、探索に関し、ほとんど口をはさんでこない。

やせ我慢をしているんだろう。本音は探索に加わりたくてならないはずだ。

隠居とはいえ、いまだに頭は鋭い。父を使わないというのは、本当にもったいないことだと思う。

父の部屋を訪ねたかったが、お知佳やお勢がいるとなると、そうたやすく行くことはできない。

廊下を歩く音がした。父のようだ。厠にでも行くのかと思ったら、足音はこちらに向かってきて、文之介の部屋の前でとまった。

「起きているか」

丈右衛門の声だ。

「はい」

文之介は起きあがった。部屋のなかは暗いが、すでに目は慣れている。

「あけるぞ」

「どうぞ」

腰高障子が横に滑り、丈右衛門が入ってきた。

文之介は行灯を灯そうとしたが、少し手こずった。

あぐらをかいた丈右衛門が笑う。

「相変わらず不器用だな」

「父親譲りでしょう」

「馬鹿をいうな。わしは器用だ」

文之介はようやく行灯をつけることができた。部屋が淡く明るくなった。黒い煙が天井に向かってゆく。

「こんな夜更けにすまんな」

「いえ。今、何刻頃でしょう」

「九つをまわったあたりだろう。さっき鐘がきこえた」

丈右衛門がやや身を乗りだす。

「どうしてか目が覚めてな、そうしたらおまえの顔が浮かんできた」

文之介は目を丸くした。

「どうしてそんな顔をする」

文之介はどういうことかを語った。

「おまえはわしの顔が浮かんだか。父子《おやこ》だな」

「はい」

文之介は笑顔で返した。丈右衛門にそういわれて、うれしかった。

「なにを悩んでいる」

文之介は素直に話した。

「そういうことか」

丈右衛門が腕組みをする。しばらく考えていた。行灯の炎が風もないのに激しく揺れた。それを合図にしたかのように父が顔をあげた。

そのときには文之介も、もしかしたら、という思いがわきあがってきていた。

「文之介、話してもかまわぬか」

「もちろん」

文之介はきく姿勢を取った。

「おひろは、偽りの音や声をきかされ、偽のにおいを嗅がされていた。こういうことではないか」

「どういうことでしょう」

「手習所の声や櫓の音、もぐさのにおいは、おたまたちによってつくられたものでは決してなく、本物だろう。だが、それは意図しておひろにきかせ、嗅がせたものだ。どうだ、ちがうかな」

「なるほど」

文之介は大きく相づちを打った。

「我々に誤った居場所を教えるために、そんな真似をしたのですね」

「江戸にはそういうところが無数にあるだろうからな。町方をそちらに釘づけにしておくのには、うまい手立てだ」

丈右衛門がにやりと笑う。

「それにしても文之介、おまえもうとっくにわかっていただろうに、芝居が相変わらず下手だ」

「芝居などと、とんでもない。わかってなどおりませんでした」

「そんなことはあるまい」

丈右衛門が立ちあがった。

「しかし、おまえの脳味噌に刺激を与えるくらいはできたようだ。来てよかったよ」

そっと肩を叩いてきた。

「きっと捕まえられる。文之介、がんばれ」

「はい、ありがとうございます」

文之介は元気よく答えた。

「では、わしは寝るぞ」

大あくびをした丈右衛門は腰高障子をあけ、廊下を歩き去った。

文之介は体に力が満ちているのを感じた。丈右衛門のおかげだ。

父上は、これまでどれだけの人をこうして力づけてきたのだろう。

そんな力を持つ丈右衛門がうらやましかった。

しかし、うらやましがってばかりはいられない。

いつか、きっと俺も同じような力を持てるにちがいない。

なにしろあの父親のせがれなのだから。

「よく眠れたみたいですねえ」

町奉行所の大門の下で会った勇七が、文之介を見ていった。

文之介は昨夜のことを勇七に伝えた。

「ご隠居がそんなことを。まったくかっこいいですねえ」

「ほんとだよな。かなわねえよ」

「でも、最近の旦那は、ご隠居よりずっとかっこいいですよ」

「なに、勇七、今なんていったんだ。よくきこえなかったぞ」

勇七が繰り返す。

「ほんとか。本当に今の俺は父上よりかっこいいのか」

「かっこいいですよ。頭の働きもすばらしいですし。まさに明晰《めいせき》な知力の持ち主ですよ」

「明晰な知力か。すごくいいいい方だな」

「旦那にふさわしいですよ」

文之介は勇七をまじまじと見た。

「今日はずいぶんと持ちあげるじゃねえか」

「いつもですよ」

勇七が真顔になる。

「ご隠居のいう通り、おひろちゃんにきかせたり嗅がせたりしたものが、偽りのものだとしたら、おたまたちはいったいどこに消えたんですかね」

「近くに手習所がなく、櫓の音もせず、もぐさのにおいもしないところだな」

「静かなところなんでしょうね」

「それと、あまり人がいないところだろうな。各所に自分の人相書が出まわっていることを、おたまは知っているだろうから、顔を見られたくはあるまい」

文之介の脳裏を一つの光景がかすめた。

「旦那」

勇七が目を輝かせている。どうやら同じことを考えたようだ。

「勇七、心当たりがあるようだな」

「旦那こそ」

「じゃあ、一緒にいうか」

「いいですよ」

一二の三で、文之介と勇七は同時に口にした。

文之介は勇七を連れ、深川海辺大工町にやってきた。

吾市も一緒だ。

目当ての屋敷はすでに目の前にあった。

穏やかな日を浴びて、ひっそりと建っている。庭の木々の深さは変わらず、ゆったりと吹く風に梢《こずえ》が揺れていた。

「おたまと殺し屋の野郎、ここにひそんでいやがるのか」

吾市がすごむようにいう。

「鹿戸さん、まだわかりませんよ。調べてみないと」

「いるさ」

吾市が断言した。

「あまりいいたくねえが、おめえの勘はよく当たるからな。だからまちがいなくやつらはここにいる」

吾市が懐から十手を取りだし、目をぎらつかせる。

「こいつで叩きのめしてやる。砂吉の仇だ」

ここに来る途中、三人で砂吉を見舞ってきた。

まだ目を覚ましていないが、母親のおこんの懸命な看病の甲斐もあって、顔色はだいぶ戻っていた。

あの分なら、じきに目を覚ましそうに思えた。是非、そうあってほしかった。

「文之介、勇七、行くぞ」

吾市が格子戸の前に立つ。

あかない。

蹴り倒すかと思ったが、まだここにおたまと殺し屋がいると決まったわけではない。

引手に触れ、あけようとした。だが錠がおりている。

吾市が文之介たちを振り向く。

その前に文之介と勇七は吾市の意図を解していた。

そこを離れて塀のはじまるところへと移動した。勇七が地面に四つん這いになる。

「勇七、すまねえ」

吾市にいわれて勇七がにやりと笑う。

「そんなことというなんて、鹿戸の旦那らしくありませんぜ」

「勇七、いってくれるな。あとで折檻《せっかん》してやるからな」

「待ってますよ」

吾市が勇七の背に乗り、塀の上に手を伸ばす。指先すら届かない。

「文之介、頼む」

吾市が文之介の力を借りて跳躍した。手が塀の上にのった。吾市が腕力をつかって、塀をよじ登る。

塀の上に腹這いになり、文之介たちを見おろした。

「裏にまわってくれるか」

「お安いご用です」

吾市を一人にするのには若干の不安があったが、その思いを打ち消して文之介は勇七をうながし、塀沿いに裏手に向かった。

こちらの塀も高い。見あげるほどだ。

文之介は先ほどの勇七のように四つん這いになった。

「旦那、そいつはあっしの役目ですよ」

「いいんだ。勇七のほうが背が高い」

「高いっていっても、あっしと旦那は一寸も変わりませんぜ」

「それでも、この塀に対してはものをいうかもしれねえ。それに、勇七のほうが跳びあがる力がある」

「でも――」

「勇七、四の五のいわずにさっさとやれ。いつまでも鹿戸さんを一人にしておくわけにはいかねえんだ」

「わかりました」

勇七が文之介の背に乗り、腕を伸ばして跳ねあがった。

強烈な衝撃が背中を襲い、文之介は息が詰まった。

「大丈夫ですかい」

上から声が降ってきた。重みが消えており、文之介は首をねじ曲げて見あげた。勇七の足と尻《しり》だけが見えている。両足をばたばたさせていた。

「平気に決まってるだろう。それより、手は届いたのか」

「届きましたよ」

足や尻が消え、代わって勇七の顔がのぞいた。塀の上に腹這いになっているのだ。

その姿勢で勇七が、両腕を下に向けて伸ばしてきた。

文之介はつかんだ。強い力で引きあげられる。まるで練達の漁師の網にかかった大魚になったような気分だった。

気づくと、文之介は塀の上にいた。

「勇七、おめえはすげえな」

「そんなこと、ありませんよ」

「勇七、行くぞ」

文之介は飛びおりた。亀山屋敷の敷地の土はやわらかく、足に痛みは走らなかった。

勇七が続いておりてきた。

文之介と勇七は走りだした。

行く手から静けさを打ち破って、怒号がきこえてきた。あれは吾市のものだ。

文之介は急ぎに急いだ。勇七も必死に駆けている。

深い木々を抜け、池の橋を渡り、灯籠をかわすようにして走った。

母屋が見えた。建物が庭に向かって突きだしているところがあり、その回廊の上に吾市がいた。

陽射しにきらめいているのは、吾市の十手だ。

相手にしているのは、いかにも敏捷《びんしょう》そうな男だった。どうやら匕首を手にしている。

吾市は相手のはやさに苦戦していた。

ちがう。吾市は苦戦などしていない。目の輝きからそれはわかる。相手の動きをしっかりと見据えている。さすがに余裕こそ持てないようだが、あれならばそうたやすくやられる心配はない。

しかも、驚いたことに吾市の十手さばきはすばらしかった。

文之介も同心である以上、十手は遣えるが、刀のほうが得手なため、どうしても刃引きの長脇差に頼ることのほうが多い。

吾市はそうではない。同心の身分をあらわすといわれる十手だが、すばらしく堂に入っている。

「文之介っ、勇七っ」

吾市が野太い声で叫ぶ。

「手をだすんじゃねえぞ」

「わかりました」

吾市は汗を一杯にかいている。相手も同じだ。

「勇七、おたまを探せ」

文之介は命じた。自分は、吾市がもし危うくなったら、すぐに割って入るつもりでいる。

「承知しました」

文之介の気持ちを感じ取った勇七が体をひるがえす。すでに捕縄を手にしていた。

右手の林のなかに、動くものが見えた。

「勇七、あそこだ」

文之介は指さした。

勇七がすっと方向を変え、獣を追う犬のように駆けだす。あっという間に林のなかに消えていった。

追いだされたようにおたまが林の左側から転がり出てきた。

あわてて立ちあがり、走りだそうとするが、その前に林から鎌首《かまくび》をもたげた蛇《へび》のようなものが飛びだしてきた。それがおたまの足に絡みつく。

おたまがたまらずもんどり打って倒れる。

林から勇七があらわれた。捕縄を力強く手繰り寄せている。

もがくおたまが勇七に、なんだよ、こんちくしょう、なにしやがんだい、と怒声を浴びせる。勇七は意に介する様子を一切見せることなく、おたまの前に立った。

おたまは観念せず、まだ逃げようとする。勇七が捕縄をぐいっと引いた。

おたまがまた倒れこむ。

「痛いよ、なにするんだい」

勇七がしゃがみこみ、おたまを縛りあげようとする。

おたまが勇七に張り手を浴びせた。いい音がしたが、勇七は顔色一つ変えない。

おたまが懐から光る物を取りだした。勇七に向かって突きだす。

危ないっ。

文之介は叫びかけた。

だが、勇七は余裕を持ってよけ、おたまの右腕をつかんだ。ねじりあげ、匕首を奪い取った。石でも放るように背後へと無造作に投げ捨てた。

勇七があらためておたまを縛る。おたまはそれでもあきらめなかった。必死に身をよじり、逃れようとする。

勇七にがんじがらめにされ、ようやく体の動きがとまった。

だが、口だけは動いている。怒りで全身の毛を逆立てた猫のように歯をむき、上体を立てて勇七に嚙みつこうとした。

勇七はこれもかわし、縄を引いておたまを地面に転がした。

「ちくしょう、ちくしょう」

おたまが草を嚙んでいる。鬼のような形相になっていた。

鉄の鳴る音に我に返り、文之介は吾市のほうに目をやった。

まだ戦い続けている。

だが、吾市のほうが明らかに押していた。十手で匕首を受け、鉤《かぎ》で匕首をねじり、奪おうとしていた。

匕首がこないときはすかさず攻勢に移り、びしびしと十手を振るった。

回廊の上を殺し屋がずるずると後退してゆく。

吾市の十手は冴え渡り、ついに殺し屋の肩を打った。

殺し屋が痛みに顔をゆがめる。吾市が好機と見たか、強く打ち据えようとする。振りがやや大きくなった。

まずい。

文之介は心中で声をあげた。

殺し屋がかわし、回廊の欄干《らんかん》を蹴る。その勢いでがら空きの吾市の腹に向かって匕首を突きだす。

文之介は目を閉じかけた。肉を打つ鈍い音がした。

予期していた音とは明らかに異なる。

文之介は吾市を見た。

吾市は十手を高々とかざしている。これから打ちおろすのではなく、打った直後だ。

それがわかったのは、殺し屋が回廊の上に両膝をつき、かがみこんでいるからだ。大きく息を吐き、耐えきれなくなったように体を自ら転がし、回廊に横たわった。

仰向けになり、吾市を見つめている。

「やられたよ。降参だ」

吾市がうなずき、勇七に目を転じた。

「捕縄をくれ」

その瞬間だった。匕首がきらめき、突きだされた。

「馬鹿が」

吾市が怒号し、匕首を十手で打ち払った。十手を返し、殺し屋の顔を打ち据えた。骨が肉にめりこむような音がし、殺し屋が回廊にうつぶせに倒れこんだ。

もはやぴくりともしない。

「お見事」

文之介は心の底からいった。

「見直したか」

「はい」

「おめえは正直者だな」

吾市が晴れやかに笑ってみせる。これまで文之介に見せたことのない笑みだった。

八

事件が解決した翌日、砂吉は無事に意識を取り戻した。

「あれ、旦那」

目を覚まして開口一番にこういったのだ。

「どうしてあっしの家にいるんですかい」

「おめえの家じゃねえよ」

「えっ」

「せっかく生き返ったっていうのに、とろさだけは変わりやがらねえ」

吾市が耐えきれず、号泣をはじめた。

文之介も勇七もあまりにうれしくて涙が出てきた。

「生き返ったってなんですかい。旦那、どうして泣くんですかい」

「うるせえ」

吾市が砂吉の手を振り払う。

「旦那が泣くと、あっしも悲しいですよ」

「うるせえ、俺は悲しくて泣いているんじゃねえ」

そのやりとりを見て、母親のおこんは泣き笑いのような顔をしている。

医者の臨但は満足げな笑みを見せて、にこにこしていた。


多湖屋従兵衛はつかまった。昔、東海道筋を中心に盗みをはたらいていた大泥棒だった。江戸でも一度だけ仕事をしたことがあった。

そのときの仕事で大金を盗まれた商家が潰れ、主人夫婦は首をつった。無理心中だったが、一人息子だけは生き残った。それが喜蔵だった。

おたまを追って江戸に出てきた喜蔵が従兵衛を見つけたのは、ほんの半年ばかり前だ。おたまの相手の父親ということで顔を見たとき、雷に打たれたようになった。まちがいなかった。盗みに入ってきた男だった。年を取っていたが、まちがいようがなかった。

喜蔵はそれからずっと復讐を考え続けた。

両親を失った喜蔵はなじみの医者の縁者《えんじゃ》に引き取られ、大坂に行った。だが、縁者がすぐにはやり病で死に、それから悪の道に入った。

「それしか生きてゆく道がなかったんでさ」

牢屋に入れるとき、喜蔵が文之介に告げた。

「そんなことあるか」

文之介は強い口調でいった。

「どんな境遇になっても、多くの人は正しい道を歩いてゆく。おまえの心が弱かっただけだ」

富士兵衛はおたまをかくまったことをとがめられることはなかった。いまだに病の身だが、少しずつ元気を取り戻しつつあるようだ。

捕物の際は体調が悪く臥せっていたらしい。

従兵衛は死罪をまぬがれ、遠島《えんとう》になるかもしれなかった。

今のところ、病の身ということで、自宅での療養が許されている。

昔の罪があるとはいえ、すでに改心している年寄りをわざわざ牢に押しこめる必要はなかろう、という桑木又兵衛の配慮だった。孫とこの先ずっと一緒にすごしたかろう、という思いもあるようだ。

「そういうことなの」

お春がやわらかな笑みを浮かべていう。

「なんにしろ、すべて片がついてよかったわ」

「まったくだ」

今日、文之介は非番で、お春と逢引の最中だ。

文之介はお春を誘って、海辺に来ていた。

「いい天気だな」

「本当ね。気持ちいいわ」

海は穏やかに波打ち、陽射しをきらきらとはね返している。

ときおり、魚が波打ち際そばで跳びあがるのが見える。

「なんて魚かしら」

お春がびっくりして見つめる。

また跳んだ。

「すごい」

幼子のように手を打って喜んでいる。

なんだかんだいっても、まだまだ大人にはなりきってないよな。

俺が守ってやらねえと。

文之介はきょろきょろし、あたりに人がいないか、確かめた。

両側には深川の浜が広がっているが、遠くに数名の人影が見えるだけだ。

念のために背後も見た。

誰もいない。

「よし」

お春が文之介を見る。

「なにが、よし、なの」

「これだよ、これ」

文之介は唇を突きだした。

「唇がどうかしたの」

「とぼけるなよ」

文之介はお春を抱き寄せた。唇を重ねる。

これ以上ない幸福に包まれた。

ずっとこうしていたかったが、どこに人の目があるかわからない。

文之介は唇を離した。

お春が潤んだ瞳をしている。

これまで見せたことのないような色っぽさがある。
胸のなかにしなだれかかってきた。
文之介はもう人目を気にしないことにした。見られたら見られたときだ。
なんといっても、次の非番がついに祝言の日に決まったのだ。
待ち遠しくてならない。
文之介たちを祝福するように、いっぺんに二匹の魚が跳びあがった。

二〇〇八年一一月　徳間文庫

光文社文庫

長編時代小説
さまよう人《ひと》　父子《おやこ》十手《じって》捕物《とりもの》日記《にっき》
著者　鈴《すず》木《き》英《えい》治《じ》

2022年5月20日　初版1刷発行

発行者　鈴木広和
印刷　堀内印刷
製本　榎本製本

発行所　株式会社　光文社
〒112-8011　東京都文京区音羽1-16-6
電話　(03)5395-8149　編集部
8116　書籍販売部
8125　業務部

ISBN978-4-334-79363-0　Printed in Japan

組版　萩原印刷